九歌典藏散文

林以亮◎著

更上一層樓

編輯凡例

一、在傳播媒介多元的今日，一般人追逐聲光佚樂，疏於文字閱讀，文學書市清淡，閱讀植根普遍不深。「九歌典藏散文」針對此社會通病，印行具有價値的名家名作，提供讀者再次發現的樂趣。其目的不僅爲擴大散文典律範圍，也不僅爲提供大學、研究所現代文學教材，更重要的是培養國民閱讀品味、加強人文素養。

二、文學史證明，大轉變的時代最是散文勃興的時代。新文學運動以來，國局多變，文人興亡盛衰的感慨形諸於文，佳作甚多；二十世紀後半葉，因資訊爆炸，新事物紛至沓來，散文家的書寫體式愈益生動，內容不受拘限。「九歌典藏散文」爲呈現此豐碩成果，選編作家以台灣爲主，擴及海外華文世界，兼容不同情感想像、不同思想關切、不同藝術風格，以見證中文散文之發展，建構中文散文之全貌。

三、「九歌典藏散文」出版個集而非合集。在編排上，力求平易可親，除作品本身，同時收錄評論文章，詳析創作名家之藝術特質與時代精神。另附相關文獻，便利讀者查考。

目錄

序論
駁雜中見性情

黃碧端

《更上一層樓》基本上是一本讀書筆記的合集。作者能體會讀書之樂，進而邀讀者同享，閱讀有所會心，短則發為雜組式的文思錄，長則出以文論書評。雜記部分多為詩文軼事之隨想和心得，評論則多以翻譯大家或文壇新書為對象。

這本書因而就內容而言，堪稱豐富博雅。作者取材廣泛，古今中外兼收並蓄，書中隨處有趣味盎然的記述和評論。然而也許因為作者對傳統的筆記詩話一類文字多所涉獵，下筆時遂也不免讀書、記人、記事混同兼顧。中國傳統文人每每藉文友酬唱、記事寄託文思、發揮議論，本書頗顯示作者雖是一位接受了「五四」之後西潮的洗禮，也具備了相當的西洋文藝素養；然而基本上保留著中國傳統的文學感性和知識趣味的人，這樣一種寫作特質，就評論來說，和晚起的從事文藝評論的作者相較，其中主觀和個人品味的色彩頗重，既不拘於理論，也少見建立架構的企圖（以樂曲的組織來詮釋西西的小說是一個例外）；就雜組而言，則題材的多樣自比傳統筆記為繁富多姿。可惜的是，由於和長篇文論、書評同列，這些雜記中或談明星瑣聞、或論文人趣事，不無枝節干擾，以致全書體例駁雜之病。

作者自謂平生之癖在「愛才如命」，這個「自供」事實上也點出了本書的一個特色：除了尚友古人之外，有關今人的評論，書中筆觸所及，亦多在友朋知交中取「才」。倘若觀其書知其人和察其友知其人的說法都成立的話，我們也許可以說，《更上一層樓》是一本從談文論藝和對文友的愛賞推重中流露個人性情的文集，駁雜枝節雖是其病，對於雅好文藝的讀者，卻也不失為一本枕下案頭隨手翻開均可有所會心的書。

——原載一九八八年四月《聯合文學》

（本文作者黃碧端女士，現為國立台南藝術大學校長）

原書序

不論順逆，無往而不美

這本文集的第一篇〈文思錄〉發表於一九七七年，最後一篇〈偶思錄〉完成於一九八六年，前後相隔十年之久，數量竟如此微薄，看了不禁汗顏。可是細細一想，在此期間，另外寫過有關翻譯的論文四篇，因性質專門，已收入一九八四年的《文學與翻譯》一書中，而討論詩詞和《紅樓夢》的文章放在一起恐有格格不入之感；只好暫時擱置，留待日後另出專書，則又情有可原。不管自己文章的品質如何，至少可以說明這十年來我在公餘還不斷讀書寫作，將一點心得和樂趣筆之於文，以供同好。書中有些文章談到翻譯，又時常引用詩詞和《紅樓夢》，是題內應有之義；而整書以〈文思錄〉起，以〈偶思錄〉終，採取相同的形式，無意間構成了一個圓圈，周而復始，代表了生生不息和某一階段的終結。這本書，像我其他的書一樣，仍是文美和我長期合作的結晶。多年來她為我摒擋不少俗務，以免我分心，更重要的是她還耗費心神細閱原稿，提出具體的修改意見，盡量減少贅語冗詞，務求行文流暢可誦。難怪友人戲謂我們非但是「患難夫妻」，還可算「文章知己」。希望這本集子依然可以保持不求有功，但求無過的舊貫。

書名採取《更上一層樓》，因為它原是書中一篇文章的題目，同時對我說來另有特殊的意義。我絲毫沒有借用這說法來表示自己在寫作的技巧和學問的鑽研上頗有進展，達到更高的層次。我從未幻想自己具有寫作才能，可以成一家言，而且早已深深體會學問之道無邊無涯，不可能在這片汪洋巨浸中出人頭地。古人有志：登泰山而小天下，我缺少那種氣魄和精力。杜甫名句：

會當凌絕頂
一覽眾山小

躍然顯露詩聖的寬闊視野和浩蕩胸懷，我只能心嚮往之。然而書中文章所提到的翻譯工作者和作家在這期間大都實現了他們的諾言，有出色的表現。霍克思的《楚辭》訂正版於一九八五年由企鵝公司出版，重寫了一篇長達五十二頁的新序。華茲生的《哥倫比亞中詩選》於一九八四年哥倫比亞大學出版，分十二章，自詩經起至宋詞止。余國藩的《西遊記》全譯本大功告成，四厚冊由芝加哥大學出齊。閔福德的《石頭記》第五冊也於一九八六年由企鵝公司出版，霍克思的第一冊出版於一九七三年，兩人的合譯工作較諸「十年辛苦」不遑多讓。

喬志高的《天使，望故鄉》前後譯了十年，兩冊共五十萬字，於一九八五年底由今日世界社出版。林文月完成了《源氏物語》的修訂版後，在譯川端康成等短篇小説之餘，如今從事翻譯另一冊日本古典作品《枕草子》。聽說楊絳正在根據近年來出版《堂·吉訶德》的詳注本重新修訂原譯。

余光中於一九八三年將王爾德充滿雙關和警句的喜劇譯成中文，名之為《不可兒戲》，曾在香港舞臺上分別以國、粵語演出，這是他逸興遄飛之作；他在香港任教時期撰寫的詩文選集《春來半島》於一九八五年底由香江公司出版；散文集《記憶像鐵軌一樣長》則方於一九八七年初由洪範書店出版。黃國彬的《中國三大詩人新論》和詩選《宛在水中央》由皇冠出版社作為海外學人專輯出版；評論集《文學的欣賞》於一九八六年由遠東圖書公司出版。西西的短篇小説集《鬍子有臉》和讀書隨筆《像我這樣的一個讀者》由洪範書店於一九八六年出版。眼看我筆下的譯壇高手和詩文名家在這十年中，個個一本初衷，妙藝紛陳，難免自感慚愧。近年除了一九八四年正式退休前為《譯叢》編譯《中國詩與詩學》專號，一九八六年為《聯合文學》編譯《翻譯與文學》專號外，幾乎別無建樹可言。好在讀到上述俊彥的精采譯作，心胸為之開朗，自己的目光也隨著他們的成就伸展得更高更遠。

至於對人生的體驗上，文美和我幾年來倒是有了更深切的認識，的確達到了高一層的境界。尤其去秋病後，深感我們仍是凡夫俗子，做不到聖賢「不惑、不憂、不懼」的地步，但至少能夠不怨天、不尤人，力求心之所安。這半年中，親友的關懷和愛護使我們覺得人世間善意長存。他們往往用一句珍重、一紙便條、一束鮮花或一封懇切的長函傳達好心，帶給我們無限的溫暖。

本書就是在這種心態下完成的。我要藉此機會向當初發表這些文章的報刊和它們的編輯致謝，尤其感激蔡文甫先生，若不是他的鼓勵、督促和容忍，這本文集根本不可能問世。文美剛校完第一輯，就發現患癌須入院割治，至今還在接受化學治療，我不得不獨力完成一向由她統籌的工作，因此延誤了出版的時間表和計畫。好在遲出勝於不出，更上一層樓的話，在我們與病魔周旋之際，更應互相陪伴共享面前的光景。多年前我曾在〈論讀詩之難〉一文中，引用過梁宗岱譯歌德《浮士德》中的〈守望者的夜歌〉：

> 我眺望遠方，我諦視近景，
> 月亮與星光，小鹿與幽林，
> 紛紜萬象中，皆見永恆美。

此處不妨再引用一次，並加上最後四句，藉以表達我們目前的心境：

眼啊你何幸，凡你所瞻視，
不論逆與順，無往而不美！

一九八七年春

文思錄

倦飛的鳥

我有一位好朋友，以經商為生，不屬於文化教育界，可是嗜書成癖，稱他為士而隱於商者也不為過。他手頭比我們讀書人寬裕，多年來遍搜書肆，凡認為有價值的新舊書刊悉數購下，以致家中書籍堆積如山，不得不另置公寓一層專作藏書之用。可惜他的興趣太廣泛，所涉獵的專題又都是艱深而難以掌握的，例如：考古與人類文明的起源、法國象徵派詩、禪學、明清詩人如謝茂秦、黃仲則等。此君滿腹珠璣，聽他談話，非但妙語如珠，而且言必有中，令人受用不盡。美中不足的是他沒有寫文章的習慣，只能算是述而不作的文壇隱俠。

有一次他隨手翻閱了英人傅德山所譯的《李長吉詩集》，不禁嘆息：

「唉，第一首第一句就譯錯了。『李憑箜篌引』的『吳絲蜀桐張高秋』，他把張看成『開張』

或『張弓』的張，所以譯成『開』的意思。其實整首詩描寫音樂，應該照『改弦更張』的張那樣譯法才對。」

他如此之熱愛藏書，自己雖然不能每書必讀，卻呵護備至，惟恐有失。逢到友好開口借書，他寧願另購一冊相贈，也不願與心愛之物作短暫的別離。筆者與他爲忘年之交，承他另眼看待，而且素知我也是愛書之人，偶然肯借幾冊絕版的好書給我欣賞。這些書的扉頁往往貼有一紙，蓋上一方圖章，寫著六個篆字：

雲無心以出岫

第一次我看了不懂，就問這是什麼意思。

他微笑答道：「下句是鳥倦飛而知還，希望你借了我的書，閱後讓它仍飛還舊巢。」

明駝

席間友人談起，幼時讀古文，讀到「明駝」二字，連老師也解釋不出，究竟何指到現在還沒有弄清楚云云。回家後，我立即翻查辭海，見有「明駝」條：

酉陽雜俎：「駝臥腹不帖地，屈足漏明，則行千里。」按明駝之得名以此。

讀之再三，越看越摸不著頭腦。按《酉陽雜俎》這本書自古以來未經學者整理，版本雜亂，歧異甚多，也沒有人爲之作箋注。於是次日我特向饒宗頤教授請教。他認爲標點有誤，應該斷句如下：

駝臥，腹不帖地，屈足，漏明則行千里。

經他這樣一點，整句的意義便豁然呈現出來。這是描寫駱駝睡覺時盡量鬆弛筋肌，及至漏盡天明，經過一夜安眠，體力恢復，方足以勝任長途跋涉。所謂千里是籠統的說法，不過指駱駝能行走遙遠的路程而已。「千里馬」不一定每天跑一千里路，「輕舟已過萬重山」也未必眞正經過一萬重山。明駝之說或可作如是解。

小山

友人又提起古人詞中「小山」一詞有兩種說法，一說指女人的眉毛，一說指畫屏，究竟不知何者爲正確？近人在《迦陵談詞》中分析溫庭筠的〈菩薩蠻〉，有這樣一段話：

> 小山重疊金明滅，鬢雲欲度香腮雪。懶起畫蛾眉，弄妝梳洗遲。照花前後鏡，花面交相映。新貼繡羅襦，雙雙金鷓鴣。
>
> ……首二句寫美人嬌臥未起之狀，「小山」自是床頭之屏山，然不曰「小屏」而曰「小山」者，「屏」字淺直，「山」字較有藝術之距離，且能喚起人對屏山之高低曲折之想像也。

這段話講來入情入理。如「小山」作眉解，那麼便和下一句「懶起畫蛾眉」犯重，爲詞家所忌。

以「山」喻眉，詞中一向有這樣一個傳統，可是通常用「遠山」，而不用「小山」，有時並附「黛」或「翠」等形容詞以點明其顏色。典出葛洪《西京雜記》：「文君（司馬相如妻）姣好，眉色如望遠山。」現在先舉幾條正面的例子：

訴衷情　歐陽修

清晨簾幕捲輕霜
呵色試梅妝
卻緣自有離恨
故畫作遠山長

這是指畫眉。

六么令　晏幾道

晚來翠眉宮樣
巧把遠山學

用上了翠字。

荷葉盃　韋莊

一雙愁黛遠山眉

用上了黛字。根據以上諸例，「遠山」作眉解，實在無可置疑。

此外，還有反面的證據：

醉公子　顧夐

枕倚小山屏
金鋪向晚扃

南歌子　溫庭筠

鴛枕映屏山

那麼小山作屏解，也很明顯。一時興起，強作解人，恐有焚琴煮鶴、大殺風景之嫌。

朗誦詩人

讀大學時，有一位自命爲詩人的同學，喜歡作文藝青年狀，時常寫一些似通非通的白話詩。這算不了什麼，他還喜歡當眾朗誦自己的傑作，那才要命！事隔四十年，我仍記得他如何在未名湖畔的柳樹下，搖頭晃腦的用藍青官話朗吟：

等候你從一株花樹到另一株花樹，等候你從一個季節到另一個季節……

底下還有許多又臭又長的句子，不提也罷。有些同學越聽越煩，或是掩耳疾走，或是乾脆叫他閉起鳥嘴。可是他反而提高嗓門爲自己辯護：「現代英美詩人常在無線電臺上朗誦自己的作品，我們也應該加以提倡呀！」亡友吳興華（梁文星）忍不住插進一句：「至少我們不願意聽時，可以把無線電關掉！」

梅花

《宋詩精華錄》，爲石遺老人所評點。他選了蕭德藻的〈古梅〉二首，第一首的開始兩句是：

湘妃危立凍蛟脊
海月冷掛珊瑚枝

三十五年前我第一次讀到，覺得很有新意。細閱石遺老人的評語，見他如此推崇這一首詩，評曰：

梅花詩之工，至此可歎觀止。非和靖所想得到矣。

閱後就抄在信上寄給吳興華看。他悟性極高，且有超人的記憶力，精通英、法、德、義文，有一次說過，凡古今中外名詩鮮有不知者，接信不久即答覆如下：

我個人的意思是你引的兩個例子並不是宣揚宋詩的優點最好的代表。尤其蕭德藻那兩行詩，稱之曰工巧則可，必說是勝過林逋也未必然。詠梅的好句中國詩中屈指難數，恐怕沒有多少人在提到時會想到蕭的傑句。東坡道：「江邊萬樹春欲暗，竹外一枝斜更好……萬里春隨逐客歸，十年花送佳人老。」高啓道：「微雲淡月迷千樹，流水空山見一枝。」張問陶道：「美人遺世應如此，明月前身未可知。」唐人詩：「香中別有韻，清極不知寒。」這些是放眼大處的話，而蕭之兩句相形之下只有反面的價值。我們欣賞他之能避開熟路，而鍾出些新的意象；但設想以上那些名句都不存在，人人見了蕭的兩句恐怕都要笑歪鼻頭的。

關於這封信，有兩點需要解釋一下。寫信時是一九四二年，吳興華身在淪陷區，手邊無書可查，全憑記憶，竟然選得如此精采恰當，令人心折。第二，當初我的意思是說，唐宋詩的發展，和英國伊利莎白王朝和十七世紀玄學派詩的發展頗有相通之處。玄學派詩人發覺從大處著眼寫詩的方法先賢都已用過，唯有另闢蹊徑，以「怪僻」取勝。蕭德藻的兩句詩正復如此。凍蛟脊、海月、珊瑚枝給讀者以冰冷的感覺，樹幹的暗滑、白與紅的顏色——這一切產生一種捉摸得到的官感，同時也是想入非非的譬喻。我並不認爲這是第一流的佳句。其實，古來詠梅的妙句非常多，例如：姜白石的〈暗香〉、〈疏影〉爲大家所知道的千古絕唱。此外，我覺得值得一引的還有王安石的：「遙知不是雪，爲有暗香來。」宋人張道洽的：「風流晉宋之間客，清逸羲皇以上人。」何嘗不是很好的偶句？

走筆至此，想起亡友，可惜他不像嚴冬的梅花，禁不起風霜的摧殘，早已做了古人。但願有一天我有機會將他的遺作整理出版，讓世人知道現代中國曾經有過這樣一位才華卓越的詩人！

賀胡金銓鍾玲新婚

今年二月間，我胃疾復發，纏綿病榻多時，以致不能參加胡鍾喜宴的盛會，至今猶覺惋惜。金銓和我相識逾二十五年，他一向在電影界稱孤（英文名字 King 可譯爲「國王」）道寡，現在居然成家立室，不再浪跡銀海，忝爲知交，在欣悅之餘，謅小詩一首算是秀才人情：

昔為江湖客
今作歸家男
眉筆代詩筆
從此山不寒

詩雖打油，亦屬寫實之作。鍾玲女士是詩人兼批評家，以《中國女詩人》、《論寒山》等書聞名。她的〈此山爲誰有〉一文，細評寒山詩之英譯，刊於高克毅主編的《譯叢》第七期。今二人締結鴛盟，閨房之樂有甚於吟詩者，屛山此後不再寒冷，特此謹祝金銓和他的賢內助齊心協力向國際影壇進軍。

莎士比亞的生日禮

最近有人考據出來，詹姆斯王欽定本聖經舊約〈詩篇〉的第四十六篇，從第一字順數，第四十六字爲「shake（莎）」，從末一字倒數，第四十六字爲spear（士比亞），加起來正好是「Shakespeare（莎士比亞）」。欽定本聖經於一六六一年出版，付印之期應該早一年，莎士比亞生於一五六四年，到一六一〇年剛巧是四十六歲，因此推測該聖經的譯者中一定有莎士比亞的友人，半開玩笑地把他的名字拆開嵌入其中，以誌念他的生辰。想不到這個祕密竟然在三百餘年後爲人揭露出來。我遍查各種聖經版本，包括欽定本的修訂本、天主教的耶路撒冷本、基督教的新英國本、天主教的新美國本，發現「spear」這字各本均予保留，但位置前後不一，「shake」這字在其他版本中卻用意義相近的字眼代替，可見欽定本「此中有人，呼之欲出」。事實上，莎士比亞與聖經爲形成後世英文文體的兩股主流，莎翁根本無須借聖經之力而名耀千古。

讀書樂

袁枚的詩和詩話病在寫得太多太雜，以致讀者往往要做一番披沙揀金的工作。我們不應以沙粒太多而抹煞他詩中的佳作和詩話中獨到的見解，這些雖然說不上是「金相玉質」，至少可當得「金章玉句」。例如以下所引的〈遣懷〉一詩：

唐時有李叟　行善夫妻偕
朝供千夫膳　暮設八關齋

精修二十年　果然天門開
峨峨金甲神　稱天問所懷
念汝良苦志　償汝所由來
貴可金張位　富可倚頓財
憑汝擇於斯　天將為安排
叟乃再拜言　均非臣所欲
臣好在讀書　臣志在行樂
堂前羅牙籤　屋後多水竹
掃地靜焚香　侍者顏如玉
如此了一生　雖死臣亦足
金神搖手笑　汝乃大癡矣
此是神仙福　上界重無比
不比富與貴　擾擾忽忽耳
十洲三島仙　賜者能有幾
汝再修三生　來請玉皇旨

可見此老爲人風趣，胸懷豁達。詩中的李叟，書已有了，讀書的環境也有了，還進一步要求紅袖添香伺候讀書，未免貪得無厭吧。筆者目前有小書齋一間，三面全是書架，堆滿了書，把斗室迫得更小，只可容一位訪客；可是擡頭望窗外，山光海影，就在眼前。早上把窗子打開，可以欣賞鳥語花香。晚上漁火明滅，蟲鳴唧唧。幾年來享盡清福，自覺過的是神仙生活，不再有其他奢望。

事實上，所謂「侍者顏如玉」，對讀書者而言，不免是一種外來的誘惑，容易分心，到時「醉翁之意不在酒，在乎山水之間也」，豈不徒增煩惱？隨園老人自命風流，詩話中常引閨秀之詩，自承：「從來閨秀及方外詩之佳者，最易流傳。余編隨園詩話，閨秀多而方外少，心頗缺然。」又說：「余常謂：美人之光，可以養目；詩人之詩，可以養心。」在不知不覺中露出風流自賞之意。無怪他這一點常爲當時學者如章學誠和趙翼等所詬病。梁章鉅甚至這樣評《隨園詩話》：「所錄非達官，即閨媛，大意在標榜風流，頗無足觀。」這種近乎清教徒的迂腐想法，大可置之一笑。無論如何，〈遺懷〉是一首有見解、有幽默感的詩，值得一讀。

紅與白

有一次余光中對我說：「你研究《紅樓夢》，歐陽子研究白先勇，一紅一白，可稱紅白二道。」我是白先勇和歐陽子的忠實讀者，對歐陽子患嚴重眼疾後仍孜孜不倦鑽研白先勇作品的精神和毅力，尤爲欽佩。可惜在日常生活中，提到紅白二事，或者說「白刀子進，紅刀子出」，總帶著不吉的含義，否則余光中這句話倒是可以時常引用的警句。

梅花三弄

提起紅與白，不禁想到梅花。梅花有紅白二種，詩人詠梅多數著重後者，以之比擬雪、玉、月，可是紅梅也是讚美的對象。《紅樓夢》第五十回，眾人因寶玉聯句落了第，罰他去櫳翠庵妙玉處索取紅梅一枝，並寫〈訪妙玉乞紅梅〉詩一首。結果三位客人邢岫煙、李紋、薛寶琴卻分依紅、梅、花三字爲韻各先寫好七律一首。寶玉非常用心寫的頸聯：

不求大士瓶中露
為乞嫦娥檻外梅

反而給黛玉說：「湊巧而已。」宋鄭會的「紅梅欺雪樹槎枒」，蘇東坡〈紅梅〉三首中的「故作小紅桃杏色，尚餘孤瘦雪霜姿」終究不能算是壓卷之作。前次爲文列舉古來詠梅古句，無意中漏引趙翼「梅花」四首第一首的頷聯：

單身立雪程門弟
素面朝天虢國姨

第一句典出《朱子語錄》：

……游（酢）楊（時）二字，初見（程）伊川，伊川瞑目而坐，二子待，既覺曰：「尚在此乎？且休矣！」出門，門外雪深一尺。

第二句典出杜甫的〈虢國夫人〉詩：

虢國夫人承主恩
平明上馬入金門
卻嫌脂粉涴顏色
澹掃蛾眉朝至尊

仇註引〈楊妃外傳〉：「虢國不施粧粉。自衒美艷。常素面朝天（子）。」隨園稱趙翼梅花詩第四首：「古來詠梅詩多矣，工切渾脫，應以此爲第一。」對這一聯略而不提。

這一聯的特點是純粹用典，絲毫看不出作者本人的意念，而梅的特性和品格躍然紙上。梅花以單棵居多，很少依傍成林，而且以素色者爲上品，仰天散佈清香。所以單、雪、素、天四字雖採自古人典故，卻把梅花形容得恰到好處。單身對素面、立雪對朝天、程門弟對虢國姨工而切，妙聯天成，隨園老人竟以平常典故目之，忽略了其中的深意，似有走眼之嫌。

眼睛與窗

「眼睛是靈魂的窗戶」，這句話見錢鍾書的《寫在人生邊上》一書中〈窗〉一文，該書出版於一九四一年。不知爲什麼近幾年來，這句話忽然交上了運，風行一時，甚至氾濫到電視劇中去了。男主角讚美女朋友的眼睛時，竟然會說：「你靈魂的窗子眞美！」叫人聽了不寒而慄。

錢鍾書寫的是小品文，所以文中沒有加上註解說明出處。其實，此句首見文藝復興時期大藝術家達文西的《筆記簿》：〈藝術家的研究過程〉中〈論眼睛〉一節，原文大意如下：

> 眼睛是靈魂的窗户，同時是人主要的器官，由此對大自然的無窮寶藏得以飽覽無遺。

文藝復興時期是古典作家重新獲得尊重的時代。我們知道達文西的藏書中有希臘和羅馬時代的科學、歷史、詩和伊索寓言等作品。那麼這句話源自古典作品也不足爲奇。

除了達文西之外，中外作家中有類似說法者不乏其人。錢鍾書同一文中就引了三人：⑴黃山谷說心動則目動；⑵孟子認爲相人莫良於眸子；⑶梅德林克劇裏的情人，接吻時不許閉眼，可以看得見對方有多少吻要從心上升到嘴脣上。此外，《隨園詩話》卷十三第七十二條引施愚山，很是精采：

詩如人之眸子，一道靈光，此中著不得金屑作料，豈可在詩中求乎？

總之，本來極精闢的警句給人在電視劇中濫用，便成了「惡札」。

無情對

據說清末一位極有學問和地位的人，門生滿天下，在官商各界春風得意者比比皆是。他暮年過生日，門生齊集拜壽，覺得應該爲恩師留下一點永久性的紀念。有人建議擬一對聯以誌生平盛跡，上聯是想出來了：

別人一看，認爲此聯平常得很，下聯應不成問題。可是看似容易的對子竟難倒了在場諸生，因爲平淡中有一波三折之妙，對得了上，對不了中，對得了中，又對不了下。最後來了一位遲到的門生，是留學歐洲的，在清代照例不爲人所器重。他看了上聯，哈哈大笑道：「有何難哉？」隨手執筆，題了七個大字：「法國荷蘭比利時」。

讀者諸君請細細評閱，此對之工，是否可稱一時無兩！

名句與佳句

溫庭筠的「雞聲茅店月，人跡板橋霜」是盡人皆知的名句。清人薛雪的《一瓢詩話》云：

得句先要鍊去板腐，後人於高遠處，則茫然不會；於淺近處，最易求疵。如溫太原早行詩：「雞聲茅店月，人跡板橋霜。」未嘗不佳，而俗子偏指摘之，謂似村店門前對子。

近人黃永武在〈讀者的悟境〉一文中加以分析和反駁。

又如溫庭筠的〈商山早行〉詩：

雞聲茅店月，人跡板橋霜。

雞一鳴，就起來準備趕路，一擡頭，你瞧見那稀疏疏的茅棚外，還掛著一輪殘月。當你在山澗上走過木橋，那鋪在橋板上的霜層，印有清晰的腳跡，原來前面早已有人出發了。假若你親身在山野裏體會過這種景況，你對這首詩的感受，自然異於旁人，你若不從歷練上去體會，只批評它像「村店門前對子」（見《一瓢詩話》），豈不太殺風景？後來歐陽修曾模仿此詩，寫作：「鳥聲梅店月，野色柳橋春。」韻味遠不如原作，因爲溫庭筠是親身經歷的，而歐陽修只是模仿得來的，自然要不同。創作詩如此，欣賞詩也是如此，都有待於親身的歷練。

一般人喜歡以這兩句詩介紹給西洋讀者，因爲這一聯十字全是名詞，沒有一個動詞或形容詞，而旅人早行的淒涼滋味卻表露得恰到好處，足以代表中國詩的濃縮和含蓄手法。

嚴格說起來，這一聯是不能在眞空狀態中引用的，如引用〈商山早行〉中的前四句：

晨起動征鐸
客行悲故鄉
雞聲茅店月
人跡板橋霜

即可以看出首兩句詩中，旅人早行的情況和「悲」字已爲後一聯安排好了背景，而後者就沒有我們原來想像的那樣突出了。

從純詩的觀點說來，這一聯不過是「景物在情緒中的影子」，比不過同一詩人較少爲各選集所錄用的〈懊惱曲〉：

悠悠楚水流如馬
恨紫愁紅滿平野
野土千年怨不平
至今燒作鴛鴦瓦

最後四句遠非前引一聯那麼簡單。它本身藉著實物昇華爲觀念，把讀者提升到一個更高的境界中。這就是想像力強烈的表現，也就是純粹的描寫和象徵的區別。

爲學之道

筆者讀大學時有一位專治古代文字學的老師，白髮如銀，仍然健步如飛，孜孜於他的專門學問，數十年如一日。同學們笑他：「古人說皓首窮經，我們這位老師，首則皓矣，經尚未窮！」這句話當時聽來很俏皮，現在想想，未免失之刻薄。「經」豈是隨便可窮的？那時校中哲學系教授之兄窮其一生，還在研讀公羊和穀梁。《詩經》自來注家紛紜，仍有很多問題未能解決。楊牧多年來研究《詩經》，博士論文《鐘與鼓》亦已出版，最近還在埋首鑽研〈大雅〉。學問之道，猶如藝術，是無始無邊的。我近日重溫舊詩詞，深悔當年沒有在這方面下苦功，以致現今事倍而功半。想起上述的俏皮話，特此錄下以自警並勉勵治學的青年人。

梅花三弄

友人對我說：既已二寫梅花，何不三寫？倒頗合我意，因爲我正做了不少有關詠梅和論梅詩的札記。《清詩話》和《隨園詩話》有很多評古人詠梅花的片段，可惜大部分是老生常談，不能打動我的心弦。比較起來，王夫之的《薑齋詩話》第四十八條還有點意思：

高季迪梅花非無雅致，世所傳誦者，偏在「雪滿山中」、「月明林下」之句。

按這兩句全文爲：

雪滿山中高山臥
月明林下美人來

的確常爲各名家引用。筆者雅不願再在名句（例如庾子山的「枝高出手寒」）中挑選，而寧可選兩聯比較別致的供讀者欣賞。我手中有一冊選集，共錄高啓〈梅花〉七律九首，其中第五首的頸聯：

翠袖佳人依竹下
白衣宰相住山中

頗有氣派。至於宋人張道洽曾寫梅花詩三百餘首，可稱梅花的不貳之臣，其中一首七絕〈瓶梅〉：

寒水一瓶春數枝
清香不減小溪時
橫斜竹底無人見
莫與微雲澹月知

別有情趣，特錄下以酬他對梅花的愚誠。

——一九七七年

更上一層樓

今年是中譯英的豐收年。先是聽到陳荔荔譯《董西廂》，榮獲美國「國家著作翻譯獎」，然後聽到麥瑟的《世說新語》全譯本面世。近來先見到余國藩譯的《西遊記》第一冊（芝加哥大學一九七七年出版），復於最近讀到霍克思譯的《石頭記》第二冊（企鵝出版社一九七七年六月三十日發行）。

據譯者告訴我，他在一九七五年十月已將第二冊譯稿殺青交卷，可是出版商遲遲沒有動靜，一直到去年才正式付印，現在出版問世，離第一冊出版日期達四年之久。好在第二冊在各方面說來，較諸第一冊百尺竿頭更進一步，讀者望穿秋水也是値得的。

第一冊的小標題為The Golden Days，我曾在〈喜見紅樓夢新英譯〉一文中提及，並說起以後諸冊的小標題不知如何選定。第二冊的小標題為The Crab-flower Club（海棠社），頗具巧思，封面則採用臺北故宮博物院收藏的郎世寧所繪《仙萼長春》冊中的「海棠玉蘭」圖，二者相得益彰。

有一位書評家曾詬病霍克思不應全部以詩譯詩，殊不知這正是《紅樓夢》原作者的用意所在，也正是霍克思發揮他翻譯功力以傳達原作精神的手法。按曹雪芹雖然未必像評家所說有以詩傳世之意，但他書中的詩詞是整體的一部分，與人物的性格和故事的發展是分割不開的，不像其他說部或話本動輒插進「詩曰」或「有詩爲證」；如果以散文意譯，豈不違反原作的精神？

大致說來，我的初步印象是第二冊譯文較諸第一冊更見渾成圓活，讀起來流暢異常，恍如乘輕舟順流而下，絲毫不費力氣。我匆匆閱後，發現值得商酌的三數處只不過是版本上或字眼斟酌上的小問題。例如第五十回，眾人聯句詠雪，認爲寶玉落第，罰他去櫳翠庵妙玉處索取紅梅一枝，並寫〈訪妙玉乞紅梅〉一首，湘雲擊著手爐催他，寶玉便念道：

酒未開罇句未裁

黛玉寫了，搖頭笑道：「起的平平。」寶玉又念道：

尋春問臘到蓬萊

黛玉、湘雲都點頭笑道：「有些意思了。」寶玉又道：

不求大士瓶中露
為乞孀娥檻外梅

黛玉寫了，又搖頭說：「湊巧而已。」

其實這一聯寫得不壞，黛玉平時壓制寶玉慣了，所以有這種說法。她的意思是：雖然過得去，但只是偶然碰巧而得。俞校本即根據庚辰本用這兩字。有正大字本改「湊巧」爲「巧湊」，未免貶責成分太重。程高本則改爲「小巧」，又是一種意思，好像暗示不登大雅之堂。霍克思一開始即聲明主要根據程高本，此處照程高本譯自無可厚非。

詠雪聯句一詩有幾處値得商酌：

麝煤融寶鼎

恐非眞的在燒「煤」。

光奪窗前鏡

一句的「光」因此亦不一定是火光。

花緣經冷聚
色豈畏霜凋

可能指梅花，而不是霜雪結成的奇花異果，因爲下面的「色」字指梅花的白色不爲霜雪所欺。

沒帚山僧掃
埋琴稚子挑

我向饒宗頤教授請教這兩句，經他指出應爲倒裝句：山僧用來掃雪的帚爲雪所沒，稚子挑的琴爲雪所埋，與譯文的解釋頗有出入。原作的詩從頭到底只用二蕭一韻，而霍克思的譯文也是一韻到底，有時自不免以意代韻，實不應苛求。即如：

一聯，霍克思非但看出上句典出「立雪程門」，下句雪爲祥瑞之徵、豐年之兆，譯得也自然得體。第二十七回，林黛玉出名的〈葬花詞〉首句：

誠忘三尺冷
瑞釋九重焦

花謝花飛花滿天

我讀譯文之前，無從想像譯者如何處理這三個「花」字，一看譯文竟然連用三個以F開始的雙聲字巧妙地把原來意境傳達出來，而整首詩用的是英雄式五拍偶句，這是何等的功力！此外，第二十八回寶玉在薛蟠家吃飯，各人行的酒令，譯文之妙令人叫絕，第三十七回，海棠社結社之日，各人寫詠白海棠一首，書中見到的，連史湘雲的兩首在內，前後計六首，押的韻是「十三元」，都以「門」「盆」「魂」「痕」「昏」五字爲韻腳。譯文中「門」字未押韻，其餘「盆」「魂」「痕」三字押上，而「昏」字則末行另成一偶句。精采的是六首譯詩均用同一韻，其用心良苦可見。第四十八、九回，香菱學作詩，前後寫了三首，一首比一首進步，譯文亦步亦趨，洵爲高手之傑作。第五十回，寶琴、李紋（俞校、有正本均作李綺）、邢岫煙各以紅、梅、花三字為韻詠紅梅花一首，譯文照樣以red, plum, flower押韻，而後二韻在英文中同音字彙有限，其成績不在原作之下，怎不令人五體投地？

讚歎之餘，不由不感慨萬千。中國的古典名著一部一部地由高手譯為英文，主要的著作眼看就要譯完。而我們自己呢，不要說希臘、拉丁、德、法、義大利文，連英美文學名著譯成中文既沒有系統，水準也參差不齊。現在正是自行檢討的時候了。

——一九七八年

從神交到知交

——黃葆芳《引玉集》序

最初我和黃葆芳先生只是神交。

一九七二年我寫〈論大觀園〉一文，已定稿，忽然接到友人寄來黃葆芳先生一九七一年《南洋商報》元旦特刊上的〈大觀園的佈置〉，讀後大爲心折。當時因爲稿子已告完成，不便再將他的意見加進去，只好另寫一附錄：〈諸家論大觀園〉，依照發表先後次序摘出要點以供讀者參閱，黃文發表最遲，所以放在最後，正可以壓卷。〈大觀園的佈置〉引起我很深的感觸。我覺得中國眞是人才濟濟，遠在新加坡那樣一個現代大都市都有黃葆芳這種人物，非但熟讀《紅樓夢》，而且能從新的角度探討紅學的關鍵問題，發前人之所未發，則隱於市的藏龍臥虎當不知還有多少。同時我更相信學問之道在於通情達理，不一定要標榜門戶、提倡主義，其實條條大路通羅馬，殊途同歸。我從文學創作過程，黃葆芳從藝術和庭園佈置的觀點，達到相同的結論。我們都認爲大觀園是作者根據所見所聞而特爲本書的主題和人物創造出來的人間仙境，不可能僅借用某一特殊庭園，把它全部搬到紙上去。這是任何讀小說的人都明白的道理，否則小說也不會稱爲fiction（虛構）了。

然後我和黃葆芳成了文字之交。

一九八〇年他從別人處取得我的地址，寫了一封情詞懇切的信來。前此我也從各方聽到一些關於他的消息，知道他是吳昌碩的再傳弟子，詩、書、畫三絕。除了美術、考古、鑑賞之外，兼治紅學，出其餘緒，偶然寫幾篇論《紅樓夢》的文章，猶如「庖丁解牛，游刃有餘」，不說便罷，一說就一語中的。我接閱他的信，受寵若驚，連忙欣然作覆，和他成爲筆友。《紅樓夢》是一部無古無今的奇書，一旦入了迷，進了紅學的門庭，大家就具有了共同的語言，通信時往往一個拈花、一個微笑，彼此莫逆於心。

他曾從周策縱教授那裏聽到我寫過《紅樓夢》中有關「大腳和小腳」的文章，引起了一場討論。我認爲這種文章是應副刊編者之邀而寫的趣味性短文，不登大雅之堂，所以先前信中沒有提起。他既然索取，唯有應命。誰知他回信說大家議論紛紜，竟忽略了《紅樓夢》中第一次出現，也是最重要的有關小腳的一段：賈寶玉在秦可卿房中午睡入夢。朦朧間到了一個所在，見到一位與眾不同的女子。

蛾眉顰笑兮，
將言而未語；

蓮步乍移兮，
待止而欲行。

原來她就是太虛幻境的警幻仙姑，從她那裏聽到的〈紅樓夢曲〉和見到的冊子，就可以知道諸釵日後的遭遇。以這樣一位主掌各人命運的仙子，一露面即以「蓮步」出現，則曹雪芹對「小腳」的看法可以思過半矣。這眞是一言驚醒夢中人！《紅樓夢》無論如何熟讀，總有被忽略之處，無怪嗜紅之士要一讀再讀，而黃葆芳的心細如髮由此更可得到證明。他身爲新加坡美術協會會長，是當地文藝界的重鎭，多次蒞臨香港，我也去過新加坡，兩人有不少彼此相識的朋友，竟然遲至最近兩三年才開始通信，可算緣慳了。

最後我和黃葆芳成了知交。

一九八一年他乘旅遊之便，特在途經香港時逗留數天，百忙中抽空到寒舍小聚。我們眞是相見恨晚。他謙沖厚道，一如信中所表現，言談之間自然而然流露出祥和之氣。我想這是因爲他爲人和做學問已達到淡泊寧靜的境界。最感人的是他親自畫了一幅梅花圖，並選了《紅樓夢》中寶玉的兩句「詠紅梅花」詩：

入世冷挑紅雪去

題於其上，令我喜不自勝。從此我家的客廳增添了生氣和色彩，可說蓬蓽生輝。那天我們都覺得時間太匆促，未能暢所欲言，不過總算共度了一段難忘的好時光，欣賞了一套從未在世間流傳的名家所畫的《紅樓夢》冊頁，細商其中內容究竟何指。奇「畫」共欣賞，疑義相與析，確是難得的機緣，相信黃葆芳也有同感。

此後我們魚雁常通。黃葆芳虛懷若谷，他的文章早應結集成書，以惠後學，否則偶然在報章副刊上發表，幾如曇花一現，未免可惜。無奈他從未以作家自居，根本沒有出書的念頭，雖經友好勸說，卻一再推宕。有一次連士升先生採取先斬後奏的辦法，先發表了一篇他的畫冊序文，逼使他不得不出一本畫冊。此次《南洋・星洲聯合早報》董事經理黃錦西、總編輯莫理光兩先生亦以同樣手法催他出版《引玉集》，他硬著頭皮答應了，不過希望我爲他寫一篇序。我本來急於見到他零零碎碎發表的文章以永久的形式問世，就靦顏答允下來以便促成其事。承他陸續寄來影印的文章讓我預知文集的內容，我一面享受先睹爲快的樂趣，一面順手做了點札記。誰知人算不如天算，正當我將札記整理告一段落，準備動筆時，忽然舊疾復發。這場病拖了不少日子，許多事情因此擱置起來。病中一直縈繞心頭的是黃葆芳多年心血的結晶。原先我想盡一點催生的力量，想不到因我的病反而引致它的難產。病去如抽絲，一時元氣難以恢復，幾次提筆試寫，都免不了心悸手顫，知難而停。直到最近方能勉力操筆以償宿願。

我本想說：「文如其人。」可是細讀黃葆芳的作品，發現他比我想像中還要博、雅、深、厚。一個通人，學問達到了相當火候之後，自會觸類旁通，信筆寫來都是錦繡文章。他看到「馬王堆」漢墓的資料，就聯想到爲什麼後代的屍體防腐劑反而不及漢朝？他的結論是：有效的防腐方法已經失傳，而其原因可能是那些參加工作的專家技師，在任務完成後即被殺害。他謙虛地說「可能」，其實是一語中的。埃及第一座金字塔在公元前兩千九百年已經築成，爲什麼後世無以爲繼？其道理是一樣的。這篇文章名爲〈考古學的新發現〉，可是作者憑電訊和報導寫的分析似乎比在場觀察還要透徹。

另外一篇題爲〈耐與藝術〉，文章雖短卻含有至理。「耐」是一切藝術的試金石。但丁、杜甫、莎翁、曹雪芹的作品百讀不厭，因爲「耐」讀。莫札特、貝多芬的音樂，無論聽過多少遍，仍使人心醉，因爲「耐」聽。文藝復興三傑的雕像名畫、王羲之的字、宋元諸大師的山水畫，看了令人如行山陰道上，目不暇給，因爲「耐」看。黃葆芳這篇文章雖是小品，其實說出了藝術作品之所以不朽的道理。

出人意表的是以他古稀之年，而且患過重病，居然下定決心不辭辛勞攀登黃山。一九八一年十月十八日，他到達黃山桃源賓館，翌晨拒絕坐轎，步行四萬餘級直趨天都蓮花，途中曾患抽筋，幸而有驚無險，其中經歷一閱他的長文〈老上黃山步步難〉便知其詳。黃山是中國名山大川中最奇幻的勝地，古往今來不知有多少詩人畫家登臨探幽。黃賓虹晚年常在黃山居住，故此六十歲後的作品越畫越超絕。張大千青年和壯年時期也是黃山的常客，他的巨幅山水畫氣勢非凡不為無因。懂得西方美術一點皮毛的人往往嘲笑中國畫家不知也不懂寫實，所以作品缺乏眞實感，殊不知畫家的山水實景早在胸宇中。他們畫山水不在臨摹實景，而在重新創造出牢印於心的奇山異水，就像古人說「無一字無來歷」一樣。黃葆芳的畫系出吳昌碩，其實不去黃山也可，但他深信傳統的說法：行萬里路勝讀萬卷書；如果不去黃山，多年宿願何以得償？我讀了這篇文章，深為欽佩，覺得他的毅力和勇氣足可為年輕一代表率。

最後我要談談他的幾篇論《紅樓夢》的文章。第一系列文章是和一位青年學子討論《紅樓夢》的關鍵問題，可以看出他的君子之風。有人指出探春房內掛著顏魯公（眞卿）的對聯，而對聯起源自宋代，唐朝的顏魯公不可能寫對聯，可見曹雪芹於對聯的起源不是疏忽就是無知。黃葆芳認為這位青年讀書有得，顯見他的細心和理解，不惜以和平婉轉的筆調向他解釋。我不擬在此詳引二人的文章，只想補充幾點。首先，最近郭若愚寫了一篇〈紅樓夢中的書法繪畫〉，就明白清楚指出：「唐時並無對聯……顏書對聯是虛構的……北宋詞人秦太虛（即秦觀）的對聯手跡（按：見秦可卿臥室中）也是虛構的……這是曹雪芹『假借漢唐等年紀添綴（第一回）』的一種手法，我們『自然何必拘泥於朝代年紀哉（第一回）』。」這段話為曹雪芹解釋得非常圓滿，大家不必辯論下去。再進一步說，秦可卿臥室裏的「武則天的寶鏡、趙飛燕立著舞過的金盤、安祿山擲楊太眞的木瓜、壽昌公主的臥榻、同昌公主製的連珠帳」，還有「西子浣過的紗衾、紅娘抱過的鴛枕」，如果眞有其物，豈不是荒天下之大唐？這一段描寫無非爲了創造適當的氣氛，好讓寶玉在夢中進入太虛幻境。西方對詩人有一個說法，就是他們有特權可享受poetic license——英漢詞典譯之爲「詩的破格」，其實破的不止是「格」，而是「事實」。詩人既有這種自由，小說家爲什麼就得受種種限制、規行矩步呢？黃葆芳引了俞平伯和啓功的注釋：「以顏聯表明室內裝飾的豪華」。我認爲顏聯的目的不僅在表明豪華，而且要襯托出探春的性格。曹雪芹爲什麼不採用宋董其昌或元趙孟頫的對聯，而選了顏魯公的墨寶？理由很簡單，因爲董、趙的書法配不上「混名玫瑰花……又紅又香……只是有刺戳手的三姑娘」。（按：第六十五回，興兒向二尤講論賈府諸主人時所說）另一個證據見第三十七回，探春發起詩社，寫信給寶玉謝他探病，其中有「數遣侍兒問切，兼以鮮荔並眞卿墨跡見賜」之句。可知寶玉對探春了解之深，探春的喜愛顏字固不自賈母、劉老老等眾人見到顏的對聯開始。

另一系列文章是和皮述民教授討論曹雪芹是否有「以小說傳詩」之意，我也想補充幾句。的確，《紅樓夢》中穿插詩作最多，隨之而脂評論詩也較多，原因是在中國傳統文學中詩最流行，但這並不等於曹雪芹打算「以小說傳詩」。倘使他眞有這種想法，何不效法祖父曹寅寫《楝亭詩集》，而繞一個圈由小說來傳詩？第五回，寶玉在太虛幻境聽到《紅樓夢曲》第二支「終身誤」時，甲戌本有一條眉批：

語句潑撒，不負自創北曲。

曹雪芹對他所創作的北曲顯然非常自負，難道我們也因此說他「以小說傳曲」嗎？況且《紅樓夢》中的詩並非每首都是第一流的傑作，而其主要目的，如黃葆芳文所說，在配合作詩者的性格和當時的情與境。寶玉的「四時即事詩」極盡鋪陳之能事，既稚嫩又淺薄。香菱的三首詠月詩，一首比一首好，代表寫詩的進展過程。至於元春省親，各人寫的詩免不了「應制」「頌聖」一番。妙玉把黛玉和湘雲的聯句結束，仍不脫舊詩的濫調。這些都是顯著的例證。大家千萬要記住：曹雪芹寫的是小說，他的動機當然是「以小說傳小說」，不言自明。托爾斯泰是小說家，同時也是思想家，建立了一套獨特的道德體系，近於清教徒和無政府主義的基督教思想，而且在他自己莊園裏身體力行。可是他藉以傳世的仍是小說，如《戰爭與和平》和《安娜》的雄偉氣魄和敘事藝術，並不是其中的思想。請問現在還有多少讀者，爲了研究他的思想而去讀他的《自白》？我以前說過，曹雪芹深悉各種文學形式的限制，沒有把握能夠超越前賢。他如寫詞，必會自問：能勝過前輩大詞人納蘭性德嗎？他是一位富於自覺性的藝術家，所以選定當年尙未成型的小說體裁爲表現才華的工具。他把技巧上還極原始和粗糙的小說加以發揚光大，使之豐富完美，成爲一個獨立的、令人刮目相看的文學形式。這才是他的動機所在，也是他偉大和無古無今的理由。

以上兩系列文章都觸及一個基本問題：曹雪芹於學無所不窺，讀者很容易為書中五光十色的豐富內容所惑，目眩神迷，忘記了《紅樓夢》是小說這一事實。為什麼不平心靜氣拿它當小說看呢？我想黃葆芳既是我的知交，一定不會介意我藉這個機會發表一點意見來補充他的文章，因為我們的出發點是相同的。

十九世紀英國大作家沛德說過：「最好的文學批評就是欣賞。」我欣賞黃葆芳的文章，就借用這句話來結束這篇序文。

——一九八三年

名言雋語的背後

喬志高譯的〈邱吉爾的名言雋語〉全部根據邱翁演講和談話中的警句，其中有些詞彙已成爲世界語言的一部分，例如：「血、勞力、淚和汗」及「鐵幕」等，來自第一手的報導和記載，其眞實性無可置疑。可是，另外有些歐美名言雋語或根據傳說、或乾脆出於臆造，往往以人而傳，眞假難辨。現在就我記憶所及，錄下幾則以作談助。

一、邱吉爾

據說邱吉爾的前女婿音樂喜劇家維克．奧里維有一次詢問岳父究竟誰是他心目中的偉人。邱翁說：「在我看來，世界上的三大偉人是羅斯福總統、史達林總理和墨索里尼。」奧里維素知邱吉爾看不起墨索里尼，忍不住問道：「爲什麼墨索里尼也算偉人？」邱翁答稱：「墨索里尼不僅是偉人，而且是三人中最偉大的——因爲他有勇氣槍斃自己的女婿。」

墨索里尼的愛婿齊亞諾是他的心腹和內閣的外相。在二次世界大戰後期，眼看軸心國大勢已去，主張談和，墨氏先下手爲強，將他處以極刑。邱吉爾這段話很妙，如果指的是他女婿鄧肯・桑滋就不大可靠，因爲桑滋非常能幹，曾任內閣部長。可是奧里維是怎樣一個人則摸不清底細了。難道會如此不堪？尚待查勘。

邱吉爾與英國文豪蕭伯納雖然互相景仰，然而由於兩人天才橫溢，能言善辯，因此對話之間免不了針鋒相對的局面。有一次，蕭翁於他的新劇上演前夕致電邱吉爾稱：「茲爲閣下預留戲票兩張，請來觀賞，並請攜友人同來——如果你還有朋友的話。」邱吉爾接閱電報後，即覆電云：「因事不克參加第一場公演。擬參加第二場公演——如果你的戲能公演兩場的話。」這兩位高手鬥智的記載已在多處見到，知者甚眾，想必有所根據，可是還沒有從第一手資料加以證實。

另外一段倒是有確實的證據。爲邱吉爾拍攝肖像的海爾斯曼乘攝影之便，特地請教邱翁一個問題。海爾斯曼手中拿了一冊暢銷法國雜誌，其中提及有人問邱吉爾爲什麼斷定不會再有戰爭，答案是：「因爲辛威爾（Shinwell）。」接著加以解釋：「大戰期間，他負責煤炭供應，全國沒有煤。現在他是國防大臣，所以沒有戰爭。」趁著拍完幾張靜照，移動燈光位置的時候，海爾斯曼藉機問他：「我讀到一段很有趣的故事，是講您的。」然後開始讀給他聽。邱翁一語不發，從他手中取去雜誌，走到光線較亮的窗前閱讀，隨後面無表情地還給他。「是不是眞有其事？」海爾斯曼問。「絕對沒有。」邱翁哼了一聲。以上經過詳見海爾斯曼的攝影回憶錄。可知有地位的雜誌照樣會登這種無稽之談。

二、愛因斯坦

據說愛因斯坦夫婦結婚五十週年，慶祝金婚紀念那天賀客盈門，有人問他：「賢伉儷的婚姻如此美滿，請問有什麼祕訣？」愛因斯坦笑答：「自從結婚以後，我們就一直遵守一項原則：家中大事由我決定，小事由太太作主，所以這些年來從未有過爭吵。」須臾，他彷彿由沉思中醒來，又加一句：「現在回想，過了這麼多年，家中竟未發生什麼大事。」

我讀了這段軼聞，覺得此老甚有風趣，有時也轉述給朋友聽。某次，一位我佩服的學者笑道：「說不定自從他做了一生中最大的決定（指結婚）之後，深爲懊悔，從此再也不敢做任何決定了。」這倒是一條極好的註解。可是這段話見一冊講好萊塢內幕的書，我細想其中可能有蹊蹺，隨後翻閱愛因斯坦傳，發現他（一八七九－一九五五）一九〇三年和米列娃結婚，育二子；一九一四年太太帶同孩子離家出走，事實上，二人的婚姻已告破裂，一九一九年正式離婚，母子三人由他供養。同年他與表妹愛莎結婚，因他一九一七年起患胃潰瘍，一直由她照顧起居。婚後生活相當美滿，但愛莎不幸於一九二六年病逝。所謂金婚云云，根本沒有這回事，前後兩位夫人，一位生離，一位死別，都不能白頭偕老。可是編故事的卻非把這段佳話放在一個偉人身上不可，由此可見好萊塢編劇人才濟濟，而編劇技巧實在不敢恭維。這樣一位名人的婚姻狀況一查便知，卻信筆杜撰，可謂心勞日拙了。

三、高爾溫

米高梅電影公司中的「高」字，便是森姆・高爾溫的簡稱。此人原籍東歐，裔出猶太，是電影界的獨行俠，從不甘心與人合作，一口英文也由他隨便胡謅，往往不合修辭學原理，卻頗能達意。好萊塢為他的名言雋語起名為「高爾溫語錄」（Goldwynism）。他不以為忤，反而雇用了不少文人為他捉刀創造新名詞，有時把別人的名句歸他名下，他也照收如儀，因為深諳宣傳之道，認為這一切正是最佳宣傳手法。例如：「口頭上的合約，連契約寫在上面的紙都不值。」既是口頭，何來契約紙？「把我包含在外。」包含已有在「內」的意思，卻給說成了「外」。據說他看了維克特・麥多的試鏡之後，大為不滿，搖頭說：「只有一個字可以形容他的尊容：不行。」（按英文原為一字：Impossible，他給說成兩字：Im Possible，所以中文譯成兩個字，同樣不通。）這些「妙不可醬油」的話，究竟是他本人，還是槍手或別人的傑作，恐怕難以查明了。有一件事倒是千眞萬確的。他晚年忽然見獵心喜，用高價買下百老匯大賣其座的歌唱喜劇*Guys and Dolls*，聘馬龍．白蘭度和珍．西蒙絲兩位天皇巨星擔綱拍成電影「紅男綠女」。誰知人算不如天算，這位影壇怪傑這次可在陰溝裏翻了船，鉅製上映後賣座奇慘無比。他想出了一條妙計，在芝加哥放映期間，買通全市的飯店、夜總會、酒吧、娛樂場所等，把男女洗手間一律改名，在門外分別掛出「紅男」和「綠女」字樣以收宣傳之效。結果票房還是不濟，因爲宣傳攻勢未必挽救得了一部不賣座的電影。

四、奧黛麗．赫本

奧黛麗．赫本並不是「羅馬假期」（Roman Holiday）中一鳴驚人的新人。在此之前，她已經在一部鮮爲人知的歐洲影片中當過配角。二次世界大戰期間，她困居歐陸，過著三餐不繼的生活，以致瘦骨嶙峋；但是她美豔不可方物，而且具有一種特殊的氣質，遠非金髮肉彈所可比擬。唯一缺點就是胸前平坦，缺少丘壑之美。據說加利．谷柏同她合演「黃昏之戀」（Love in the Afternoon——一部黑白喜劇片，由比利．懷爾德導演，描寫一位中年的花花公子和少女談戀愛的故事）時，曾私下把她拉到片場一角，囁嚅良久，才說：「對不起，呃，奧黛麗，呃，我想，呃，我想提醒你，呃，把義乳戴上去。」赫本答道：「你這是什麼意思？我早已戴上了。」

谷柏是好萊塢最拙於言詞的大明星，有一本書講述訪問他的故事，全篇記錄精采之至，他自始至終只用兩個字：「yep（是）」和「nope（不是）」。他絕不會冒此大不韙對赫本這樣說，況且片場一切自有導演主持，輪不到他說話。由此可見好萊塢有的是好事之徒，以渲染明星的缺點為樂。

五、蕭伯納和梅耶

蕭伯納（一八五六——一九五〇）寫文章和說俏皮話是出名的，充滿了似非而是的警句，驟聞好像違反一般人接受的觀念，仔細想來卻含有至理。大家以為他故意標新立異，連三十年代訪問中國時都稱他為幽默大師而不名。其實，他是一位有心人。例如他對膩友鄧肯女士的答覆是盡人皆知的妙語。現代舞大師鄧肯有一次寫信給他說：「我有最美麗的身體，你有最聰明的頭腦，我們生一孩子，再理想也沒有了。」蕭伯納不為所動，覆信答道：「如果生下來的孩子，身體像我而頭腦像你，豈不很糟？」這句話含有至理，其可能性至少百分比中各佔五十；而世事不能盡如人意，假如孩子遺傳到的是父母的短處，則又如何？蕭伯納又說：「通情達理的人會遷就自己以適應世界；頑固的人則堅持讓世界來適應自己。所以一切進化非依靠頑固的人不可。」這句話又是一半一半，有少數頑固不化的人可以毀滅整個社會和國家。這種例子現代史上屢見不鮮。

好萊塢是個非常奇特的地方。各電影機構資本雄厚，紛紛重金禮聘名劇作家、名小說家和大文豪來歸，隸屬旗下。當然眞正有地位者都不屑前去，而少數不知眞相的人去了之後，往往無劇可編，就是編了劇也不獲採用，不知糟蹋了多少時間和人力。可能那些高高在上的老闆有自卑感，情願花錢請名士來點綴門面。代表米高梅公司第三個字「梅」的梅耶，廄中養了不少名駒，公司也羅致了不少名作家。蕭伯納既是大劇作家，又是諾貝爾獎金得主，梅耶急欲邀他加盟以壯聲勢，可是經過往返通信，始終談不攏。最後蕭伯納寫信回絕他：

> 我發覺我們兩人的基本看法截然不同。你從頭到底只談藝術，而我只斤斤計較金錢。

唯票房是圖的梅耶「只談藝術」，大文豪蕭伯納卻自稱唯利是圖。用反諷筆法而一針見血，固蕭翁之拿手好戲也。

六、阿・赫胥黎和費滋傑羅

阿・赫胥黎（Aldous Huxley, 1894—1963）並沒有存心去好萊塢，他是到加州休養的，因爲該地天氣宜人，環境優美。那時米高梅正在攝製英國名著小說《傲慢與偏見》，經友人安妮泰・魯斯之介，加入編劇小組，負責修潤對白，因爲電影劇本原則上盡量採用原作的對白，但爲了劇情需要，有時不免有所增添刪改，怕對白不統一，由赫胥黎總其成。這種工作，在他而言，簡直不費吹灰之力。電影完成後，大獲好評，女主角是當年紅星葛莉亞・嘉蓀，男主角是勞倫斯・奧立佛，赫胥黎亦與有功焉。至此公司當局方知赫胥黎原來是大作家，遂竭力挽留並擬重用，說明下一部電影就請他與《大亨小傳》的作者費滋傑羅（F. Scott Fitzgerald, 1896—1940）合作改編《居禮夫人》，底本根據居禮夫人女兒伊芙寫的傳記。公司方面還指出：「由《美麗新世界》的作者來寫發現『美麗新原素』（鐳）的女科學家的生平，是最佳的配搭。」主角內定爲葛莉亞・嘉蓀，自屬甲級鉅片。赫胥黎不脫書生本色，大事搜集資料，託人將當時巴黎的報章雜誌寄來，驚悉眾人心目中的偶像居禮夫人竟然在丈夫死後即與他的助手做出不可告人之事，被當地記者揭發，成爲頭條新聞。報上還登出照片，一幅是他們幽會之所——塞納河左岸的小旅館；另一幅是斗室一隅——簡陋得像她的實驗室，放著一張大床，床頭牆上卻掛著居禮先生的遺像。赫胥黎看了異常興奮，認為如能把這場戲穿插進去，一定會大為轟動。

二人何嘗不知這絕不可能。試想，如果給寫母親傳記的女兒知道之後那還了得！《居禮夫人》當時名列最暢銷書榜上，作者曾經否決米高梅原來由嘉寶主演的決定，認為有神祕美人之稱的嘉寶不符理想。其次，米高梅製片部也不會同意拍攝這種違反道德觀念的戲。最後，電影檢查處一定會認為這一場戲傷風敗俗而將它剪掉。赫胥黎就此興致大減，遵照製片部之意，寫了一個長達百頁的故事大綱以應卯，從此脫離了米高梅公司。於是費滋傑羅奉命獨自撰寫電影劇本。他的確傾全力以赴，因為製片人佛蘭克林很賞識他，而他和米高梅的合同將滿，非得在此期間有所表現不可。他為了寫這劇本，還搬了家，把開場的一幕寫得極為精采，描寫二位主角在實驗室中初遇而隱藏了以後的愛情發展。誰知劇本還沒有寫成，米高梅不再同費滋傑羅續約，等於前功盡棄。以後換了不知多少個編劇，直到四年後公司才通過劇本，拍了一半，臨時又換上茂文．李勞埃為導演，公映時已是五年之後，比居禮夫人發現新原素（鐳）的四年半時間還要長，而費滋傑羅墓木已拱三年。令人啼笑皆非的是，上映的電影在精神和骨幹上，大體仍採用了費滋傑羅的原劇本。

赫胥黎此人是不會沒有下文的。他終於在一九五五年利用這個橋段寫了一篇長約三萬字的中篇小說：《天才與女神》。天才指居禮，女神指居禮夫人，另外還有一位助手、兩個子女；人物性格、故事背景和時空因素當然經過改頭換面。所有的書評家竟然沒有人識穿這小說的背景，大家就書論書，沒想到赫胥黎在暗中好笑。

七、畢亞蓬與蕭伯納

畢亞蓬（Max Beerbolm，1872—1956）不論在文藝創作或處世態度上，都成熟得極早。他入了牛津，本擬攻讀榮譽學位課程，可是在這期間，王爾德、畢亞滋萊等發起的《黃皮書》季刊出版，他熱心參預其事，既寫文章，又畫漫畫，結果到了期終沒法參加畢業試，等於自動退學，拿不到學位。一直要到一九四二年，他成爲文藝界泰斗，獲得爵士銜之後，牛津才頒給他榮譽博士學位，而這已經是半個世紀以後的事了。

畢亞蓬的小品文和漫畫堪稱當代雙絕，無怪他因此自負。可是他有一種似正實反的逆轉說法，不像蕭伯納那樣咄咄逼人，或王爾德那樣惹人反感。他論及十九世紀八〇年代，就這樣說：「要把那時代正確詳盡地報導出來，需要一種才華遠不如我的文筆才行。」二十歲那年，他姊姊偶然把他的漫畫交給 *The Strand* 雜誌的編輯，誰知編輯一眼看中，同意於下期刊出。畢亞蓬聞訊，如此表示：「雜誌樂於刊載我的漫畫，對我而言，是偉大的時刻，因爲它給了我的謙虛感一個重大，甚至致命的打擊。」

到了一八九八年，蕭伯納忽然倦勤，辭去《星期六評論》劇評家之位，極力推薦畢亞蓬塡補遺缺。蕭伯納大學畢業後，從愛爾蘭到倫敦打天下，居然憑一枝筆縱橫文壇，為各報刊撰寫論文、書評、樂評和劇評，自成一家言。他之所以辭職主要原因是自己正埋頭寫舞臺劇，總有一天會在舞臺上演出，那時具有雙重身分，豈不尷尬？不過，誰也想不到他會推舉畢亞蓬接任。畢亞蓬雖略具薄名，但在戲劇界並無地位，與《星期六評論》的編輯和蕭伯納都沒有深交，而且私下對他們二人印象欠佳。若非蕭伯納慧眼識英雄，堅決相邀，無論如何輪不到年方二十六歲的畢亞蓬繼任此職。

畢亞蓬卻一點沒有受寵若驚的感覺，反而要求《星期六評論》給他的酬勞比蕭伯納還要高，理由很簡單：「我對戲劇界的情形沒有他熟悉，所以工作起來更吃力。」結果如何，究竟誰的待遇較優，現在已無從知悉了。當年五月二日，蕭伯納寫了他的告別辭：

> 年輕的一代正在敲門，我打開門來，輕步走進來的是不可比擬的畢亞蓬。

八、王爾德

比蕭伯納先到倫敦文壇闖出路的愛爾蘭人是王爾德（1854—1900），成名較他為早，童話、小說和喜劇享譽極隆。中國人很早就熟悉他的《莎樂美》和《少奶奶的扇子》等名劇。《莎樂美》是一八九二年用法文寫的，首次上演由紅極一時的莎拉·貝娜特擔綱，正在彩排時，卻遭當局臨時禁演。消息傳到英倫三島，平素忌恨王爾德的人無不拊掌稱快。及至劇本出版，惡評如潮，有人說他法文不通，還有人說他另有捉刀人。其實，王爾德的法文口音不夠純正則有之，到了法國往往言語不通，只好借助筆談。他寫的法文並沒有問題，這是無法騙人的。《倫敦泰晤士報》書評對《莎樂美》的劇本不予好評，但認爲該劇能吸引首席女伶主演，值得另眼看待。王爾德因此致函編者，大大誇獎貝娜特，可是嚴正表示：

我的劇本絕對不是爲這位偉大的女演員寫的。我從來沒有爲任何男、女演員寫過劇本，將來也永遠不會。這種寫法是藝術匠，不是藝術家所爲。

未免有點矯情。即如蕭伯納，和名演員交情極深，還爲甘貝爾夫人寫了《賣花女》。

王爾德之得以成名如此之快，主要原因並不是他的作品，而是他的談吐。他講起話來，無論語氣、內容、機智都能混爲一體。聽他一席話，妙語如珠，眞是最高的享受，而這些名言雋語就被人引用，傳遍遐邇。例如他說：「根本沒有合乎道德和不合道德的書這一回事，只有寫得好和寫得壞的書。」他又說：「在這世界上只有一件事比成爲別人的話柄更糟，就是根本不成爲別人的話柄。」他大部分的警句是無法翻譯的，因爲語帶雙關，可是有時詞鋒掃及別人，卻在不知不覺中得罪了當時社會名流，結怨遭忌而不自知。某文人曾屢次寫文章攻擊王爾德，有一次在路上遇見他和他打招呼。王爾德瞪了他半晌，才說：「對不起，你的姓名我記得很清楚，就是想不起你的尊容。」他還這樣批評蕭伯納：「他在世界上沒有一個敵人，可是他的朋友中沒有一個人喜歡他。」至於法蘭克．哈里斯，有一次滔滔不絕的說他去過多少豪門巨宅中作客，王爾德就冷然加上一句：「法蘭克，我們相信你，你在倫敦所有達官貴人之家都吃過飯——不過只有一次。」

由於他成名過速，成為社交界的天之驕子，而他亦以天之驕子自居，一股不可一世的傲氣令人難以忍受。所以後來和陶格拉斯爵士同性戀案發，大家紛紛以踐踏他為快。即使服刑滿期出獄，寫了懺悔錄和描寫獄中心情的詩之後，還是沒人肯替他說好話。畢亞蓬卻有點義氣，多年後有人問他蕭伯納和王爾德的優劣。他說蕭伯納個性較強，可是他寧願和王爾德為伴。

想不到以輕鬆俏皮的喜劇聞名於世的王爾德，本人的一生竟然是個大悲劇。我們不禁記起他的一句話。一八八二年一月二日，他乘船橫渡大西洋在紐約登岸後，海關人員問他有沒有攜帶需要報關的物品，他回答道：

「沒有，除了我的天才。」

——一九八三年

《海上花》的英譯本

近年來，一部分讀者覺得張愛玲的創作生涯逐漸從絢爛趨於平淡。他們根據的是她出版的作品減少這一事實，殊不知她在沉默中從事一項艱鉅的工作。其實，愛玲從六〇年代後期已經開始把《海上花》譯成英文，七〇年代初移居美國西岸後才專心致力這逐字逐句的「繡花工夫」，終於在最近把全部六十四回（二十五萬字）譯畢，而且英譯第一、二章已由香港中文大學翻譯研究中心的《譯叢》（*Renditions*）《通俗小說特大號》優先刊載。我既是《譯叢》的執行編輯，又是愛玲的多年知友，理應爲這部英譯說幾句話。

張愛玲初讀《海上花》是在她十三、四歲時，當在讀完《紅樓夢》後不久，卻已經看出它的好處，而且心目中隱然以兩書相衡。以她的家庭和教育背景，加上她還不大會講上海話，居然能賞識這本蘇白僻書，除了早慧之外，唯有歸功於她對小說的天生判斷能力。至於她立下決心將《海上花》譯成英文，想來是在紐約會晤胡適之後（參看一九五五年二月二十日致胡適第二封信）。可見這是她孕育了很久的心願，並不是一時興起的衝動。現在大功告成，宿願得償，其暢快之情不難想像。

中文大學翻譯研究中心的《譯叢》，是一本專門介紹中國古典和現代文藝的翻譯半年刊，由高克毅於一九七三年秋創辦，三年後他任滿返美，交由我接手共辦。十年來我們陸續出版過幾本專刊：如《中國藝術》、《中國古典小說》、《詞特大號》、《中國史學》，以及最近面世的《中國通俗小說特大號》。通俗小說專號從構思到出版前後歷時五載，說來話長，主要原因是有些稿件——如高克毅所說——「可遇而不可求」。通俗小說之名是根據英文middlebrow fiction翻譯過來的，泛指夠不上經典小說水準，而比迎合讀者低級趣味的小說高雅的那種說部。五年前，高克毅從王際真手中取得了《醒世姻緣》的英譯七章，篇幅相當長，認為隨便發表未免可惜，不如暫時珍藏。有一天我同《譯叢》的兩位顧問袁倫仁和柳存仁（其後受聘為客座編輯）在閒談中無意間提出了middlebrow fiction這名稱，他們連聲稱善，就此定名並準備出專號。我想起愛玲正在閉戶埋首翻譯《海上花》，立刻寫信問她可否先在《譯叢》上發表一部分，好讓外界知道這本書正在翻譯中。這等於在電影上映前先推出預告片，不乏前例。余國藩譯的《西遊記》第一章當初就是在《譯叢》上優先刊載的，全部四冊陸續由芝加哥大學出版。愛玲覆信說還沒有譯完，時機尚未成熟，操之過急反為不美，囑我耐心等待。一直到兩三年前她英譯初稿訂定完成，開始譯國語版，才寄來英譯首二章，並附短文介紹《海上花》。接閱後，編輯部同仁大為興奮，柳存仁且稱譽譯筆之佳不作第二人想。

細想起來，我們上一代的知識分子多半受過西式教育，已經不興吃花酒、叫條子這一套了。《海上花》中人物的生活習慣和心態，對我們總有點格格不入。尤其愛玲身爲女子，更缺乏這方面直接知識的供應，翻譯這本書的艱難不在話下。唯一補救辦法就是熟讀同時代有關的作品，浸潤其中，自己摸索鑽研，揣摩體會。這眞是九曲十八彎的過程！所幸她自己是個有深度的小說家，熟切了解人性，終於克服重重困難，但我們很難想像別的作家會有同樣的耐性。她那篇〈海上花國語版譯後記〉洋洋灑灑，從書中細節談到當年的愛情生活，令人歎爲觀止。恐怕只有日本的藝妓制度還多少保有這種心理和精神狀態，因爲以長三堂子爲辦公室，發洩和享受感情的方式早已隨時代一去而不復返了。如何重新捕捉這種時代氣息確是巨大的挑戰。還有極重要的一點，大家以爲蘇州話很容易懂，因爲和上海話接近，二者可以互通，其實大謬不然；它是另一種更純粹精練的方言。上海話又稱滬語，雖然屬於吳語系統，可是其中浦東話和寧波話的分量相當重，比浦東話雅致，可是避免不了商場通用的寧波話的影響。所以許多人說：「情願聽蘇州人相罵（吵架），不情願聽寧波人白話（閒談）。」因爲蘇州話嬌嗲悅耳，而寧波話太粗聲大氣了。讀者不信，可看胡適〈海上花列傳序〉所引用的一段：第二十三回裏姚奶奶跑到衛霞仙處索討丈夫，衛霞仙如何用言語制伏她。句句話厲害，個個字有刺，條理分明，綿裏藏針，可是表面上冠冕堂皇，連最後一句稍帶威脅之詞都是蓄而不露的：

耐（你）個家主公（丈夫）末，該應到耐府浪（府上）去尋啘。耐倷辰光交代撥倪（我們），故歇（現在）到該搭（這裏）來尋耐家主公？倪堂子裏倒勿曾到耐府浪來請客人，耐倒先到倪堂子裏來尋耐家主公，阿要笑話！倪開仔堂子做生意，走得進來，總是客人，阿管俚（他）是倷人個家主公！……老實搭耐說仔罷：二少爺來裏耐府浪，故末（那麼）是耐家主公；到仔該搭來，就是倪個客人哉。耐有本事，耐拿家主公看牢仔；爲倷放俚到堂子裏來白相（玩）？來裏該搭堂子裏，耐再要想拉得去，耐去問聲看，上海夷場（即洋場，該時的稱謂）浪阿有該號規矩？故歇勠（不要）說二少爺勿曾來，就來仔，耐阿敢罵俚一聲，打俚一記！耐欺瞞（負）耐家主公，勿關倪事；要欺瞞仔倪個客人，耐當心點！

這段話用蘇白說出來尤其精采。無怪胡適說：

這種輕靈痛快的口齒，無論翻成哪一種方言，都不能不失掉原來的神氣。這眞是方言文學獨有的長處。

柳存仁曾請他同事的夫人協助他將這一段譯爲口語化的英文，儼如英國流鶯式女人吵架的口吻，可是畢竟不是中國蘇州女人的語氣，就像邵洵美把美國二〇年代掘金娘子的故事譯成蘇白，非常有趣，但到底不是正統的翻譯之道一樣。愛玲的譯法是字眼扣得準，行文流暢，絕不採用英美俚語，以免造成化華爲夷的印象。這一切都要讀者看過她的英譯後才能知曉。

關於蘇白之難，可以從我自身的經歷講起。我的繼祖母是蘇州人，家中的女傭人都是同鄉，而且大都來自蘇州同一地區，所以從小聽慣吳儂軟語。我家的無線電收音機成天播放蘇州評彈和說書，因此我對幾部有名的彈詞相當熟悉，可是讀《海上花》這部蘇白小說卻始終無福消受，一直要到皇冠雜誌連載愛玲的國語版譯本之後，才開了竅，越看越有味道，體驗出它穿插藏閃的敘事手法果然與眾不同。正如胡適所說，該書筆法從《儒林外史》脫胎而來，結構卻遠勝後者。

看《海上花》原作往往令人望而卻步，即使讀愛玲譯的國語版，也得細心咀嚼，那麼譯成英文需要多少時間和心血，不言自明。即以書名而論，原來愛玲暫定爲*Flowers of the Sea*，可是通俗小說專號接下去的一篇就是《孽海花》，又是「海」和「花」，書名中兩個字犯重，恐怕會使英語讀者覺得中國小說千篇一律，連書名都變不出花樣。二書之間還是以改動《海上花》爲宜，因爲「海上」即指上海，譯名中應該將兩字點出。有一天我忽然想起：何不用*The Belles of Shanghai*？例如《亂世佳人》裏的郝思嘉即南國佳人（southern belle）。當年十里洋場中出來外面走走的女性，以長三堂子的紅倌人居多，就連後來的「花國總統」，地位也不在

「名女人」之下。我徵求同仁的意見，他們覺得很渾成，可以說響亮而切題。但是寫信問愛玲，她卻堅決反對。認爲belle只指良家美女，例如說某某女士是舞會中的一朵花（the belle of the ball），而《海上花》中的人物包括上、中、下三類妓女，如果統稱爲上海佳人，未免天眞。同仁大多數只看過英譯本的首二章，當然不明底細，不禁嗒然。後來我建議用*The Shanghai Sing-song Girls*，索性點明身分，雖然有人認爲Sing-song Girls是洋涇浜英文，不登大雅之堂。結果愛玲覆信說這並不是洋涇浜英文，因爲上海長三堂子稱小姐爲「先生」，外國人因音近似而用，同時出堂差時每人必歌一曲，故有此稱。可是她建議書名改爲*Sing-song Girls of Shanghai*，讀起來順口，而且暗合Streetwalkers of London（倫敦的馬路天使）之類的說法，這才令我們歎服她這方面的學問和對文字的敏感，從此定名。一個書名之立，尚且經過一波三折，全書之成，眞不知嘔盡譯者多少心血。

關於人名，愛玲寫英文小說曾吃過不少苦頭。某年她試寫一個長篇，其中人名都用韋翟氏拼法，姓是一個音，名是兩個音，中間加連字號。隨後試向出版社接洽，每處都表示沒有興趣，因爲連名字都讀不出，怎麼能體會這樣一個愛情故事？愛玲來信說外國讀者受不了中國姓名的「三字經」，可是道地中國人又不能隨便「約翰、彼得、瑪麗、安娜」一番，眞傷腦筋。所以這次譯《海上花》，她把趙樸齋起名爲Simplicity，洪善卿起名爲Benevolence，至少容易使英語讀者接受。霍克思譯《紅樓夢》也把丫鬟名字這樣譯法：平兒是Patience，紫鵑是

Nightingale，否則讀者看了拼音之後，名字叫不出來不算，說不定連性別都分辨不出。如果愛玲將趙樸齋譯爲 Chao P'u-chai，洪善卿譯爲 Hung Shan-ch'ing 等一連串「三字經」，英語讀者恐怕只好望書興嘆了。

在編輯通俗小說專號過程中，《譯叢》同仁見鄭緒雷的論文〈海上花的敘事藝術〉提及太田辰夫的日譯本，經過輾轉查詢，才知道是平凡社的「中國古典文學大系」叢書之一。那時皇冠雜誌正在連載《海上花》國語版譯文，連忙告知皇冠出版社方面，承他們一番心意，隨即到日本覓購，航郵寄贈愛玲和我各一套。一看之下，又驚又喜。驚的是太田辰夫的譯本早於一九六九年出版，到一九八二年一月已發行了十版，印刷精美，註解詳盡，前有主要人物表，後有長跋，附上海縣租界地圖、作者小傳、版本考據和人物索引等。大體上和我們所知差不多，但在版本的搜羅上遠超過我們。由此可見日本學術界對中國古今文藝的移植工作之普遍和深入，使我們自覺汗顏。喜的是日譯本保有原版的插圖，我們得以利用來配襯愛玲的英譯，表達出時代氣氛。皇冠的插圖自成一格，但究竟是現代人畫的，剛好用以襯托鄭緒雷的論文，因爲作者以現代文學批評眼光來論《海上花》，圖文相得益彰。《譯叢》的插圖問題由此圓滿解決，讀者的眼福不淺。

日本人既然如此重視《海上花》，身爲中國人不由不覺得慚愧。現在由愛玲先後譯爲國語版和英文版以饗讀者，總算填補了多年的空缺。愛玲最近來信說，正在請打字員抄錄英譯最後定稿，但願中國和英語讀者不要像她戲言的「看官們三棄海上花」才好。

——一九八三年

稟賦・毅力・學問

——讀夏志清《雞窗集》有感

一

夏志清所有的中英文著作一向都由他自己寫序，甚至連同別人合作編譯的短篇小說集也不例外。他在學術界的經典之作：《中國古典小說》由哥倫比亞大學出版，屬「亞洲研究叢書」，也只不過由該叢書的總編輯寫篇簡介，而前言和洋洋灑灑的序文均由他本人執筆。原因是他對中西小說的知識淵博深邃，有時正文未盡欲言，只好利用長序來補充和發揮。袁枚《隨園詩話》有云：「傳字『人』旁加『專』，言人專則必傳也。」這句話可以應用在志清身上。他從英國文學入手，自詩歌而詩劇，而小說，更擴展到西洋文學、經典著作，然後轉折回來專攻中國古今小說，一面細讀，一面批注，數十年如一日。這一切努力再加上他扎實的學術基礎、一絲不苟的治學精神，和正統人文主義的文學批評家風度，使他成為研究中國小說的權威。別人可以和他持不同的評價和看法，爲他寫序則非但吃力，而且不討好，因爲有無從插手之苦。

志清之所以有今日的地位和成就，無非是他從中學起就孜孜不倦地追求知識和學問的必然結果。他雖然不乏良師益友，可是一向只埋首鑽研，從不依傍別人的門戶，獨來獨往，逐漸形成自己的主張和觀點。他並不是不熟悉「新批評」的方法，該派鼻祖勃羅克斯（Cleanth Brooks）即他在耶魯時的業師，另三位大將也是他的老師。他不是對「結構派」一無所知，但不屑把自己局限於狹窄的範圍裏，因爲早已達到了更寬更高的境界。西洋文學的主流，大體上說來相當尊重個人的尊嚴和自由，也就是廣義的人文主義，文學批評自非例外。志清爲學博大精深，當然是主流中的砥柱。他再從中國傳統文化中吸收了以儒家爲主、以佛道爲副的中心思想。在評論作家和文學作品時，他著重的不是技巧、象徵、神話等表面上的細節，而是作品深處的「感時憂國」和「悲天憫人」的人道精神。儘管他對《紅樓夢》有極高的評價，他仍不免喟嘆：「大觀園實在是多少小姐、丫鬟的集中營。」儘管他認爲《金瓶梅》「把那時代『非人的』社會和家庭生活寫得透徹」，他卻引用了現代美國女作家Katherine Anne Porter的話：「《查泰萊夫人的情人》描寫的生活無非是一連串灰暗單調的日子，偶然給一次性交所調劑。」然後指出：「如果這段描寫對勞倫斯的小說不太公平，大可用於《金瓶梅》上，當更爲合適；可是西門慶一家所過的日子，非但沒有給經常出現的性慾上的火爆場面所調劑，反而變得更沉悶乏味。」在這一意義上說來，他繼承了十九世紀英國批評家安諾德的傳統。我們與其說是他是個職業批評家，不如說他是個文人（倒過來便是人文）批評家，他的地位絕不在現代美國學者兼批評家屈林、威爾遜等之下。他們都精通歐美國家的語言和文學，可是志清除了能閱讀德文、拉丁文、古英文、中世紀英文、古代冰島文之外，還融會貫通中西兩大文化，而這一點卻非一般西方學者或批評家所能企及。在這種情形之下，志清儼然成爲漢學界的重鎭，因此下筆爲文不得不分外謹愼。他說過：「看了一本我國小說名著，假如不想寫隨筆式的讀後感，就得參考至少二、三十種參考資料才能落筆成文。細讀一本小說，放進去的時間不多，參閱那些資料花的時間就多了。」這種工作是極費時間和精力的，加上他執教之外，同時受了盛名之累，登門求教者不乏其人，使他應付爲難。近幾年來，儘管他仍兀兀治學，作品產量不免受到外務的影響而減少。這是朋友們私下覺得惋惜的。

前幾個月志清忽來信說，他計畫出一本新書《雞窗集》，囑我寫篇序：「我從不找人寫序，兄與弟相識最久，故有此請。……我們身後，一定有很多人撰文紀念我們，但自己讀不到，很可惜。不如生前看老友爲我們寫的序，分享這份樂趣。」我閱信大吃一驚——人家說「受寵若驚」，我卻「受驚若寵」。當時的原始反應是：憑我的學識和功力，有什麼資格爲志清的書寫序？然而他詞誠意懇，況且我們相識逾四十載，多年來他在美、我在港，極少聚晤，可是魚雁常通，也互相閱讀彼此的作品。他既然開口說生平沒有邀過人寫序，我又何忍推卻，只好硬著頭皮答應下來。好在素知他慢工出細活，且有一段日子可拖，並不急於一時。誰知最近九歌出版社蔡文甫兄已將《雞窗集》校樣寄來。細讀全書後，我深覺此約非踐不可，理由詳下。

一九三七年七七事變，我正在青島歇夏，華北眼看不保，奉父命趕去上海，誰知卻碰上「八・一三」。我和一位燕京同學商量這次是長期抗戰，不如往內地大學繼續學業，遂決定去南京轉漢口，向武漢大學登記借讀。誰知戰局情勢急轉直下，到了聖誕節，全校師生開始西遷，對我們借讀生並無特別安排，於是只好從廣州轉香港回上海租界內的大學借讀。一九三八年春，我們便入了光華大學英文系。那時同學中有來自中央大學哲學系的夏濟安，北京大學中文系的柳存仁等，選的課教授好而學生少，彼此切磋，樂也融融。同學大都志趣相投，還合力出了一本同仁雜誌：《文哲》，輪流編輯。我一向對有學問和有見解的人不惜傾心以交，於是課餘有暇到濟安家中閒聊，因此結識了志清。那時他大概比我們低兩三班，對哥哥頗爲敬畏，我們談話時他默默旁聽，很少發表意見。（誰想像得到這寡言鮮笑的青年，日後竟會蛻變成一位說話如連珠砲的妙人！）畢業後不久濟安去了西南聯大，我就直接和志清交往。

我們學習的科目頗有近似的地方：二人都主修西洋文學，從英國詩歌入手，然後他轉攻中國小說，我轉攻中國詩詞。可是我的興趣太雜，當年醉心寫作，喜歡欣賞音樂、美術、芭蕾舞，爲了家庭不得不經商，南遷後一度從事電影工作，一九六九年起方始回到學術界的崗位，遠不能同志清的專心致志相比擬。即以英國詩歌而論，他除了特萊頓（Dryden）和勃朗寧（Browning）之外，每位大詩人的全集都讀過，這是極少大學生做得到的。

我們都喜歡看電影，雖然出發點不同。志清是爲了自娛，而我則由於職業上的需要。他的記性好，對電影的出品公司、上映年代、中文譯名、導演、主角等等，說來如數家珍。相形之下，我是爲了工作而看電影，看得亂而雜，反而沒有他那麼專注而暢快。

我們都待過北平，但對平劇的認識不足，志清居留時間較暫，情有可原，我小時候常由聽差的帶去戲院看（非聽）戲，到了大學時代，主要興趣在西洋文學和藝術，對之不屑一顧。後從光華重回燕京，出入西郊城門不便，遂又失去大好機會。等到勝利後，開始發生興趣，爲時已晚。生當平劇盛時，卻和志清一樣成爲愛美的（amateur）「羊毛」，思之啞然失笑。

志清爲程明琤的《海角、天涯、華夏》一書寫序，最後一節有這樣一段：

> 〈亙古恆河〉這篇文章，讀後不由我不想到很多問題，若沿著文思寫下去，本文就更不像一篇序了。但程明琤察訪各處的風土民俗、宗教儀式，自己也感想很多。我在序裏把我的感想寫進去，可說是合乎她的筆調的。

閱後我忽然想起：何不採取同樣的手法替他寫序？這本散文集和志清其他的著作不同，並不是純學術性的，內容包括自傳、回憶和談書，正可以把我所知而書中未提起的部分寫出來作爲補白，好讓讀者進一步了解作者的生平和治學之道。

二

《雞窗集》之名有其出典，唐羅隱有句云：

雞窗夜靜開書卷

眞是一幅高士深夜讀書圖。窗下而能聞雞鳴，可知不止深宵，已近天明，雞鳴報曉了。柳永《定風波》一詞也有句「向雞窗」，是女子口吻，與本書不太切合。這書名很容易使人誤解，以爲是隨筆性的文字，但是書中卻流露出作者讀書之勤、學問之博、見解之精，另外還有其辛酸的一面。第七十二至七十三頁有一段，我幾乎不忍抄：

今天元旦，有位主編從臺北打電話同我拜年，同時不忘催稿。拿出舊稿重讀一遍，覺得這次聖誕假期，更不如往年，更沒有時間做研究、寫文章。自珍即要六歲了，比起兩年前，並沒有多少進步。這幾天她日裏睡，晚上起來，餵飽後，就要我馱她，一次一次馱著下樓梯到樓門廊空地去玩。她騎在我肩上，非常開心，只苦了我，多少該做的事，永遠推動不了。馱她時當然不能戴眼鏡。昨夜大除夕，美國人守歲，少不了喝酒。有人喝醉了，在靠近大門前吐了一地，我看不清楚，滑了一交，虧得小孩未受驚嚇。二人摔交，我左掌最先著地，承受了二人的重量，疼痛不堪。虧得骨頭未斷，否則大除夕還得到醫院急診室去照X光、上石膏，更不是味道。我用功讀書，數十年如一日，想不到五、六年來，爲了小孩，工作效率愈來愈差，撫摩著微腫的左掌，更增添了歲除的哀傷。

相信任何人讀後都會心酸。自珍是志清的愛女，自幼身體不夠健全，到了晚上，腦波活動比白天活躍，非要父母輪流陪伴不可。志清在學校忙了一天之後，回家還要扮馬馱她以逗她開心，等她安睡後，才定下心來做學問，眞是世上少有的「二十四孝父親」。要不是讀了他的心聲，我們怎麼會知道原來他在如此重大的壓力下讀書寫作？他自己還在慨嘆工作效率差，我們能不慚愧？

看了本書，我想起大學生涯一段小插曲。記得有一次去濟安家中，見案上有 Francis Brett Young 的小說：*My Brother Jonathan*，扉頁上題著"To my dear brother Jonathan, from T.A."。Young 那時是英國暢銷作家，當紅得令，工部局圖書館裏他的小說我差不多已閱遍，只有這一冊沒有讀過，就老實不客氣向濟安借了來。只記得主角是個醫生，描寫他奮鬥求學成名的經過。扉頁上的題字使我納悶。志清難道有個英文名字，那麼濟安爲什麼沒有？平時濟安一直稱呼他爲志清，從未叫他Jonathan，會不會見到這本書，藉此替乃弟起一個英文名字？濟安的心思向來難以捉摸，當時沒有問，事隔多年，也就忘了。誰知《雞窗集》第六五頁：「Jonathan（我的英文名字，只有外國朋友才這樣稱我）……」第三十頁又有：「她（指教師Coleman女士）總規勸我：Jonathan，你心地這樣善良，靈魂這樣聖潔，能皈依主，多麼好呀！」看了之後，四十年前的疑團終於解開。可惜的是Young以後就漸漸爲人淡忘，查閱近年的現代英國文學史，連他的名字都找不到了。

志清說過一句妙語：「我常常自嘲道，除了學術文章外，我寫的中文稿，不是序跋，就是悼文。」接到校樣時，我還以爲本書可能例外，因爲第一輯是「自傳的片段」，第二輯是「迷上電影也看戲」，等於回憶錄，想不到最後一輯「憶友談書」仍未能免俗；一篇介紹梁恆的《革命之子》；〈江南風景，異國情調〉是爲程明琤的《海角、天涯、華夏》寫的序；〈雜七搭八的聯想〉是爲吳魯芹《英美十六家》寫的序。〈最後一聚〉則是追悼我們的老朋友吳魯芹了。平心而論，志清治中國小說可以說具有全面的成就。他的《中國現代小說史》把有地位的中國新小說作家一一加以評估，獨排眾議，另立新論，當時被認爲離經叛道的看法，現在已塵埃落下，成爲定論。《中國古典小說》一書把六冊古典小說重新評定價值，更是經典之作。他私淑艾略特，艾認爲每一個世紀應該出現一位大批評家，把英國大詩人的地位重新整理排列一下。志清是這方面的拓荒者，符合了艾的要求。以後的學者或許在某一冊小說上可以另有意見，加以補充，但恐怕很難超越他銳利洞徹的眼光和高瞻遠矚的氣魄。至於他撰寫專題論文如論《隋史遺文》、《鏡花緣》、《玉梨魂》各小說，也莫不鋒發韻流，將來彙集成書，當又是一部巨著。

志清幼年對中國舊小說並沒有深刻的認識。在第十九頁上，他述及九歲讀小學三年級時，忽然發現了一套《三國演義》，就在暑假中把它讀完，以後再逢暑假又讀一遍，前後四遍。至於另一大堆林琴南的翻譯小說，則因冊數太多，放在原處，塵封不動。十一歲因「一二・八」戰事由蘇州遷居上海，不知從哪裏借來了《施公案》和《廣陵潮》，以「殺時間」的態度看完了，根本作夢也沒想到日後會以中國小說為主要研究對象。同一般青少年比起來，他的舊小說知識可以說是貧乏的。更奇怪的是那時他對五四運動以來出現的新小說家——一般中學、大學生的偶像如魯迅、茅盾、巴金、沈從文等——似乎從來沒有聽見過，連通俗小說家如張恨水等也毫無印象。但話說回來，這對他將來治學未始不是一個有利條件，因為靈臺空明，纖塵不染，猶如一面鏡子，可以清晰地反映出一個作家或一部作品的客觀價值。這種價值判斷能力非一朝一夕之功，背後有著嚴格的訓練。深厚的功力和多少年來浸潤於第一流說部之中所養成的眼光和經驗。當年他到臺灣做公務員那十幾個月，共讀了二十六種名著，其中包括：《湯姆瓊斯》、《塊肉餘生述》、《白鯨》、杜思妥也夫斯基長篇小說等，可見一斑。

從《雞窗集》中，我們也可以看出志清英文的精練其來有自。他雖自承中小學時讀英文沒有好課本和好教師，入了大學後，怕英文程度跟不上教會學校出身的學生。其實教會學校徒有虛名者多，他不必擔心。結果，第一次作文，教師就特選他的卷子當眾宣讀，可見他對英文文法和造句早已有了把握，而對文字具有特別的天賦。無怪乎到了大二，他同張心滄已公認為英文系最優秀的學生，二人輪流主編英文校報《滬江旁觀者》。高三那年，他隨濟安讀過丁尼生，到了大三將丁尼生一千多頁的全集讀完，而大四畢業論文就以丁尼生為題。這養成了他日後喜讀大作家全集的習慣。在大學時，他非但讀了莎士比亞全集一大半以上，還讀了馬璐全集、彭強生全集，其他同時代的劇作家零星讀了些。他早就認識到莎翁時代的戲劇是英國文學的頂峯，不僅莎翁一人超絕羣倫而已，所以在臺灣讀了密德爾登的劇本，去北大讀了Webster、Tourneur、Ford、Chapman的代表作品，把伊利莎白時代諸大家一網打盡。那時的作家寫的是詩劇，他熟讀這時代承先啓後的作家，非但欣賞了好詩，而且接觸到戲劇，就好像把初、盛、中、晚唐數十大家的詩文全集細讀一遍一樣，上可以追溯他們作品的淵源和出處，下可以體會後世作家如何受他們的影響。

每逢別人誇獎濟安的英文流暢，濟安總說自己的英文遠不如志清。我笑他像《三國演義》中的關雲長，因為曹操讚他為英雄，他答道：「某何足道哉！吾弟張翼德於百萬軍中取上將之頭，如探囊取物耳。」後來張飛果然在長坂橋喝退曹軍。濟安、志清昆仲終於先後出版第一流的英文著作。志清在北大時還自修德文，讀完歌德、海涅、席勒，托馬斯・曼的《威尼斯之死》，大半部艾克曼的《歌德談話錄》和《神曲》的英譯，繼而涉獵現代批評家休勞的《論布雷克》和勃羅克斯的《精緻的骨罈》。他既無家累，只教一門大一英文，也沒有教學上的負擔，得以專心苦讀，自己可能不覺得功力猛進。及至北大資淺教員競選留美獎學金，他的論文以勃雷克爲題，先後將勃氏全集和參考書細讀了兩三遍才愼重下筆，結果獲選爲文科得獎人。他只不過是個無藉藉名的助教，並不是北大出身，人事上一無關係，完全憑眞才實學奪魁。嫡系教員大爲不服，至少有十多位講師聯袂到校長胡適那裏去抗議，質問：「夏志清是何許人？」胡適毫不徇私，並不因此否決評選委員會的決議。志清文中寫到此段，只輕描淡寫地交代過去。其實此事曾引起軒然大波，成爲北方學府中的大新聞，連那時遠在上海經商的我都略有所聞，云李國欽獎學金爲一「洋場惡少」僥倖取去，遂使一講師落空。他們太小覷志清了，他來自洋場則有之，滿腹才學，何來惡少之名？

志清到了耶魯，名校高師，配合上一流的圖書館，眞可以說如魚得水。他論文的指導人是當代大師樸圖（Pottle）。此人是約翰蓀、鮑斯威爾的權威，寫得一手好文章，連牛津派十八世紀文學專家都對他傾倒備至，而牛津派是一向瞧不起美國學者的。此外，「新批評」的大本營也在耶魯，除了勃羅克斯以外，其餘幾位恐怕他罕有機會接近。畢業後，他在波茨坦紐約州立學院教大一、大二英文和英國文學，就在這個時期獲得洛氏基金資助，完成了一鳴驚人的《中國現代小說史》。從他的經歷，我們可以看出他並不崇洋，中國留學生攻讀英國文學是冷門，他之所以走上這條路無非是性之所近。經過二十年的潛心苦讀，他終於在學問和英文寫作上脫穎而出。可是在他改行成爲哥大的中國古典文學教授後，對英國文學的愛好並未稍減。他當然沒有餘暇讀許多暢銷小說，可是像威爾遜這樣的大批評家、巴順這樣的鴻儒、維達爾這樣的才子，他還是不會放過。至於前一代的才子作家如勞倫斯、赫胥黎、奧登和現代的歐普戴克，他仍讀之不厭。我有一次寫信自嘆對目前英美文壇生疏，恨不得惡補一番，請他推薦一二作家，他立刻覆信勸我看奧登，說這位作家不止是詩人，而且兼爲通人及批評家，可能配我的口味，因此我手邊才有了奧登的文集。志清還說：「有這份時間去讀歐慈，不如去重讀珍．奧斯丁的六本小說，以前讀的時候喜歡，重讀心得一定更多。」「即使退休之後，多有時間讀書自娛，我還是想多讀西洋古典作品，同二次大戰前的英美現代名著。」由此我們可以了解志清今日成就的底因：他長期沉浸於偉大的經典之中，自己的趣味怎麼會不潛移默化而高尚起來？生也有涯，學也無涯，每年全世界出版的書籍當以百萬計，我們如不善加選擇，勢必疲於奔命而一無所成。志清顯然智珠在握，他竭力爭取時間，在家庭和教學的壓力之下，完成研究和寫作計畫之餘，仍能顧及當代文學主流作品，如無驚人的毅力焉克臻此。有一次柳存仁對我說：「志清的文章流利通暢，主要是他把書讀通了，所以理路清楚。那年我去哥大訪問，有時在他辦公室裏翻看書架上的書籍，見到差不多每本都密密麻麻寫滿了批注，可知他讀書多麼用功和細心！」這是一個好朋友和同行的第一手客觀報導。存仁與志清締交多年，本身也是此行的翹楚，他的話應該可信。

三

志清從小喜歡看電影，原因不外是沒有玩伴而感到寂寞，其後是年齡漸長，電影變成娛樂，漸漸發展成爲嗜好。所以他的出發點和我不同，我是爲了職業關係去看電影，注意的是技術和商業性（當然有無娛樂性也是賣座與否的重要因素之一）。他看電影的記憶力就如同他讀書一樣，上映年分、中文片名、導演和演員是誰，都記得一清一楚。料想到了後來看電影對他說來已不止是娛樂了。現在試將我所知的和看法有異的地方寫出來，也算是那時中國青年對好萊塢電影的反應的一種記錄。第四十一頁，一九七八年五月那篇文章有一句：「今春金像獎候選片五部公布後，我自感非常得意，因爲其中一部也沒有看過。一方面工作忙，一方面大半新片子不對我胃口，可說已把想看新片的癮戒掉了。」與我戒看電影如出一轍，而我則是厭倦了這一行業，根本想把電影從本身系統中排除淨盡。志清對三〇年代的舊片仍存懷舊之情，因爲「在影院裏，回到一個固定不變已死去的時代，心裏還是滿高興的。」可惜舊片很少禁得起無情歲月的考驗。第四十六頁，提到一首風靡一時的電影插曲「麗娃麗妲」：「據說當年大夏大學校園裏有一條小溪，就取名 Rio Rita。」大夏大學的確有這麼一個「名勝」，我在聖約翰中學住讀時，曾和三數同學私出校園，越過田野，跑到大夏大學去探個究竟。只看見一條黃濁的小溪，旁植柳樹數株，毫無浪漫氣氛，既沒有情侶，也沒有歌聲，大失所望而歸。

第二輯：〈渦堤孩．徐志摩．奧黛麗赫本〉一文値得注意，文中雖然有極大膽的假設，但推理不無見地。我不敢說徐志摩翻譯《渦堤孩》是爲了給他的母親看是託辭，但志清認爲書中的小水靈是徐愛上的林徽音的化身，卻頗見巧思。我初識徐志摩的父親時（當在一九二八年前後），他母親好像已不在世，即使在世，這位原籍硤石的老夫人也未必懂什麼「安琪似的美人」、「害臊」、「眼皮兒供養」、「款款地走近他」之類的詞彙。我父親同林長民極熟，他死於亂軍後，我父親私人斥資在有正書局印了《林長民遺墨》若干冊分贈親友。我童年在北平時一定見過林家的小姐徽音。只聽說她身體不好，可能肺弱。徐志摩究竟是純粹單相思，還是作了一場沒有希望的春夢，則不得而知了。「渦堤孩」這舞臺劇我是看見《劇場藝術月刊》（*Theatre Arts Monthly*）上奧黛麗赫本「渦堤孩」劇照的彩色封面和裏面的劇本才知道的。讀這劇本覺得悶不可言，大爲奧黛麗不值。

第一〇三頁提到瑞典愛情片 Elvira Madigan，志清認爲女主角Pia Degermark是他在銀幕上看到的最甜美的金髮女郎，並在括弧中自語：「不知國內有無映過？」按這部電影在香港沒有正式公映，可是在「第一映室」放映過。我因當時已戒看電影，所以錯過了欣賞機會，不過知道該片採用莫札特的Ｃ大調鋼琴協奏曲（ＫＶ四六七）的第二樂章「慢板」配合。該曲旋律迷人，聞者心醉。後來德國唱片公司還利用女主角片中造型照爲封套，出過一張唱片，暢銷一時。

志清說他後悔在一九五六年沒有去看希區考克導演的 The Trouble With Harry（港名「怪屍案」），因此失掉欣賞莎莉・麥克琳的成名之作的機會。希區考克號稱緊張大師，善於利用懸疑令觀眾提心弔膽，或者猜測凶手是誰，或者猜測凶手如何下手。這部電影卻一反平時作風，一開場屍首（即Harry）就已出現，時而埋葬妥當，時而被人盜走，大概是試驗性的作品，屬於所謂 black comedy。莎莉・麥克琳扮相清新可喜，可是戲中無從發揮演技，志清不看也罷。希區考克自知此片不會叫座，所以隨片周遊列國，在香港時開過一個招待會，親自款待同行和報界以收宣傳之效。結果看試片的多數反應冷淡，後來的票房成績不問可知。希區考克生平爲自己保留了六部電影的版權，過若干年後即歸他所有，「怪屍案」是其中之一。最近「後窗」和「電話情殺案」等再度在港上映，而「怪屍案」不與焉。志清恐怕要和它緣慳一面了。

馮史登堡和奧森威斯等所謂「天王導演」大多是少數知識分子捧出來的，近年法國流行的「作家論」尤其擡高這類導演的身分。志清沒有給他們的盛名所唬住，認爲他們「名過於實」，「一生的整個成就並不高」，可謂知言。說穿了，電影固然是第八藝術，可是它的主要功能是在供給觀眾娛樂，失去了觀眾，就等於架了空。我個人最欽佩威廉・威勒（William Wyler），雖然法國批評家嫌這位導演缺乏個人風格，不算是影片的「作者」。他能導名著改編的文藝片：

「呴哮山莊」（Wuthering Heights），雅俗共賞的喜劇：「羅馬假期」（Roman Holiday）和「四海一家」（Friendly Persuasion），也能導扣人心弦的劇情片「戰雲約旦」（Mrs. Minniver）和「黃金時代」（The Best Yeras of Our Lives）。米高梅公司投下鉅資在羅馬重拍默片時代的「賓漢」（Ben Hur），請他出馬掌舵，他同樣勝任愉快。他一生拍過的片子爲數可觀，敗筆極少，大都達到極高的水準。電影界就缺少這種眞正的幹才！我從事這行業多年，眼看許多孤芳自賞的編導，大言不慚，自稱爲藝術家，其實根本沒有下過功夫，始終拍不出像樣的電影，所以總覺得「風格」、「作家」等書齋理論不合實際。志清在這一點上和我並沒有重大的歧見，他看電影的目的雖然在求視聽之娛，對理論不感興趣，可是他看電影如同他治學一般，自有其嚴肅的一面，所以說：「自己時間不敷，也無意跟上時代，但把電影當一門學問研究的精神猶在，有朝一日把無聲名片、早期有聲片名片看齊了，我會感到非常得意。」讀到此處我不禁擔心：他得意不要緊，對中國小說研究的損失就無法彌補了。

至於平劇，志清同我剛趕上最後一批已作古人的名伶，惜乎這是另一門學問，如果沉溺其間，窮畢生的精力都不濟事。我總算看過楊小樓、梅蘭芳、蓋叫天等演出，志清則除了北大兩年偶然光顧戲院外，居然有幸看到梅蘭芳、譚富英、葉盛蘭等多位名伶合演的「龍鳳呈祥」，眞是難忘的奇緣。我想憑我們那點淺薄的知識實在沒有資格談論這千頭萬緒的課題。志清說得對：「到今天，國劇勢必推陳出新，才能掌握其光輝的前途。這項大事業，要靠很多人合作，包括編劇家和懂戲的青年觀眾在內。」像我們這種「羊毛」唯有敲邊鼓的分兒了。

四

從第三輯的「談書憶友」的標題和其中四篇文章，可以看出它們不像志清的學術文章那樣謹嚴，比較輕鬆瀟灑。關於文章的內容還是由它們自己作最好的說明，不必浪費筆墨，但其中談言微中的地方值得一提。在介紹《革命之子》一文中，他順便指出柯辛斯基的《漆鳥》爲人發現係同人合寫而基本象徵也是抄來的。至於當年轟動一時的《少女日記》也爲人揭發爲僞造，可是由於美國出版界同情猶太人，《紐約時報》和《時代週刊》竟把這消息封鎖。由此可見志清觸覺相當靈敏，他雖然屢次抱怨沒有時間讀新書，但對這種文壇異聞仍時刻留意。他介紹程明琤的《海角、天涯、華夏》一書，指出作者：「可說是最理想的導遊人，她描寫景物，文筆清麗，而對名勝古蹟的掌故傳說這樣熟悉，我們邊遊邊聽她說故事，實在十分有趣的。」稱讚得很有分寸。但這本書絕不止是一本行文優美的遊記，而另有其價值。程明琤在新畿內亞島觀察停留在石器時代的原始「丹尼人」部落時，記下了她的感想。志清說：這篇文章「不僅是篇絕妙散文，也是篇極有價值的人類學報告」。然後他進一步指出：「程明琤不是普通遊客，而是從各種文化形態眞心關注和企圖爲現代人找出路的一個求知者。」這裏志清的學者身分和價值觀念代替了他原來的讀者身分和欣賞態度。《雞窗集》充滿了這種富於智慧的旁白，引人入勝不在話下。

最後兩篇，一爲吳魯芹的書寫序，一爲哀悼吳魯芹而作，因爲魯芹也是我的知交，讀時不免感慨萬端。志清引魯芹的話：「英美文學是我的first love，魯芹這句話一點也沒有說錯。」接下去又說：「中年讀中國文學，與自己的事業有關，動機就不太純眞，不免擺出『判官』的面孔來（有一篇文章裏，魯芹曾戲稱我爲『夏判官』），把古今作品，亂批一通，筆尖上不帶一點情感。我爲人很平易隨和，有時重讀我自己『嚴肅』的評論，眞覺得不像是我寫的。」這段話有補充的必要。「夏判官」並不是閻羅王，他從來不亂批，篇篇文章有根有據，有條有理。他人未必接受他的論斷，但沒有人會說他「草菅書命」。至於英美文學，因爲有一個良好的批評傳統，大作家的地位已經奠定（例如浪漫派詩人如雪萊曾受現代人和批評家圍剿，早蒙昭雪），倒眞不容易胡亂翻案。相信志清如果繼續攻讀西洋文學，對現代作家照樣會掂斤撥兩，用最客觀的立場予以評論。

志清如此描寫魯芹的癡情：「魯芹一向遵守中庸之道，要他廢寢忘食地去讀書他是不幹的，但爲了要見一見他心愛的作家，竟『旅行了三萬多里路』，其對初戀之癡心，不禁令人肅然起敬。」魯芹一向是小品文家，特點就是好整以暇，從容不迫，這番「惡補」和「長征」終於產生了一部好書，其間得失難說得很，不過我相信魯芹自己認爲這樣做是値得的。

自從錄音機問世之後，錄音訪問打開了方便之門。例如普林斯頓大學的雷森（Latham）為了博士論文，研究費滋傑羅在好萊塢的三年編劇生涯，前後訪問了同他認識的明星、導演、同事等二十餘人，還讀了全部的劇本原稿，最後寫成《瘋狂的星期日》一書。此道大行之後，做研究工作的人無不稱便。可是像魯芹那樣把被訪問者的作品重溫一遍先做好家課，目的只在眞正了解自己心儀的作家，其動機之純、態度之誠，實在叫人折服。

第二五一頁，志清發現魯芹同他初讀英國文學，啓蒙師都是小泉八雲，認爲巧合。豈敢豈敢。我的啓蒙師也是小泉八雲。他在東京帝大任教多年，日本出版的四冊巨著售價頗廉，我就買了一套。他的對象是日本學生，所以對攻修英國文學的東方青年特別適合。這件巧而又巧的事，如果不是魯芹的文章講起，到今天也不會揭曉。

第二五三頁，魯芹訪問普里斯特萊，志清順便提起他的兩本小說，云：「這兩本深藍色封面小說的樣子我至今還記得，忘了是否濟安哥從舊書鋪買來的，還是宋淇兄借給我們讀的。」按這兩本小說先後於一九二九和一九三〇年出版，爲當時的暢銷書，舊書攤很容易買到二手貨，其中一冊是濟安買的，一冊是我買的，我們交換來讀。這種「一書作家」的地位將來究竟會不會遭受時間淘汰還很難說。難道福斯脫就憑《印度之旅》、毛姆就憑《人性枷鎖》得以在文學史上佔一條小註解的地位嗎？

第二五六頁，志清爲魯芹的遽爾逝世而嘆息：「年齡稍長的老朋友，就像孔乙己碟子裏的茴香豆一樣，『不多了，我已經不多了。』每給小鬼抓去一個，我生命上就添了一塊無法塡補的空缺。」讀了令人傷感。近年來友好中俊彥之士數人先後辭世，我哀慟之餘，從未寫過悼念的文字。我個人以爲一切上天自有安排，逝者已矣，活著的人還是要積極地活下去。哀悼別人往往免不了自悼。曹操固一世之雄，照樣悲吟：「人生幾何？譬如朝露，去日苦多。」倒不如陶淵明的曠達：「縱浪大化中，不喜亦不懼，應盡便須盡，無復獨多慮。」此其所以我心甘情願在炎夏中扶病爲活著的好友夏志清《雞窗集》寫序。

——一九八四年

不定向東風

——聞英美兩大漢學家退隱有感

《紅樓夢》第八十二回敘述寶玉恢復上學，隨賈代儒讀八股文，怡紅院頓時清靜下來。襲人做活計之餘，不免想到終身大事。她忖度自己畢竟是寶玉的偏房，如果寶玉娶了一個厲害的正配，自己就是尤二姊和香菱的後身。素日冷眼留意賈母、王夫人、鳳姐的光景，寶玉的對象自是黛玉無疑，於是往黛玉處探聽她的口氣。到了瀟湘館客套一番之後，襲人故意將話題引到香菱身上，說她撞著夏金桂那位「太歲奶奶」，難爲她不知怎麼過。黛玉從來沒有聽見襲人背地裏談論他人，心裏一動，便答道：

「這也難說。但凡家庭之事，不是東風壓了西風，就是西風壓了東風。」

這句話見曹雪芹原作前八十回的續書，並不代表作者的原意。在《紅樓夢》所描寫的家庭中，小老婆根本沒有地位，更談不到發言權。趙姨娘身為賈環之母，尚且無權管教賈環；親生女兒探春公然稱她為姨娘，尊王夫人為太太、王子騰為母舅，大家認為是天經地義。至於丫鬟給主人收了房，地位也比小老婆好不到哪裏去。襲人自知唯有聽天由命；有什麼打算或採取主動絕非她這種聰明人所為。況且黛玉一向不理會家庭俗事，更不會發表這種家庭鬥爭的議論。然而「不是東風壓了西風，就是西風壓了東風」之句，自經毛澤東引錄，並應用於東方國家和西方國家的鬥爭上，已成為舉世皆知的名言。

東風原意是春風，常見於舊詩詞。杜牧的「東風不與周郎便」，李後主的「小樓昨夜又東風」，吳文英的「東風臨夜冷於秋」等名句，都用以指春天的風。黛玉口中的東風當指正室，因為東代表「主」，例如：東宮、東家、東道，可是毛澤東卻引申為東方國家；再進一步，我們也可以引申為東方文明。所以常有「西風東漸」或「西學東漸」的說法，而這句話仍隱含東方為中心的意思，否則怎不說「東風西漸」或「東學西漸」呢？

問題是自十九世紀以來，西方各國動用堅甲利兵威逼東方國家逐一開放門戶，使它們自覺除了物質文明之外，連精神文明都有所欠缺。日本自明治維新至今，不停以驚人速度引進西方科技，到了目前，很多生產部門已後來居上，凌駕西方。中國自張之洞「中學為體、西學為用」的構想破滅後，一度不得不走上「全盤西化」的道路，隨之而有五四新啓蒙運動和白話文的取代文言，科技的吸收自不在話下。及至毛澤東政權成立，「一面倒」的主張更變成向馬、列、斯的西方極權制度取經了。

到了六〇年代，日本工業和國民生產總值竟然超越西歐，直追美蘇。在多種素爲歐美稱霸的企業上，日本把對手打得落花流水。七〇年代後期，日本的汽車工業更使一向以汽車王國自豪的美國甘拜下風。最令人吃驚的是東亞的「四頭小老虎」（自北而南算起）：南韓、臺灣、香港、新加坡也先後起飛，進軍國際市場，非但遠超第三世界新興國家，而且威脅歐美工業大國的本土工業，造成經濟上的奇蹟。這些地區的成就再也不能用廉價勞力來解釋，而牽涉到生產動力的單位——個人的品質問題了。

這些問題一時還沒有定論，聚訟紛紜，仍在討論研究中。可是事實擺明：在最近一次的世界不景氣中，這幾個地區最禁得起打擊，也復甦得很快。於是大家忽然了解到它們具有一個共同點：文化來自同一源流——華夏。臺灣和香港根本是華人社會，新加坡也以華人佔大多數，日本和南韓的傳統文化都是從古中國傳播過去的，到今天處處留有中華文化的痕跡。這些地區的人倫觀念、人際關係和個人的生命觀在本質上和純以科技爲主的西方大異其趣，而這種基本差異正是關鍵所在。

套用一句西方成語來說，這現象只不過是金幣的一面，金幣的背面卻是東方文化在西方社會中產生了潛移默化的作用。西方各大學編制中，東方語文系的師生所佔比例很小，而西方人士以歐美爲世界中心的觀念仍牢不可破。他們盲目追求科技和實用學科的發展，在精神生活方面卻任其自然，甚至形成普遍的放縱和幻滅之感——吸毒的普及化、女權運動的擡頭、性關係的進一步開放、電視和電腦的取代傳統教學、知識爆炸所造成的代溝等等。結果是生產工具和精神文明的嚴重脫節。

科技越發達，精神生活越空虛。在這種心理背景下，少數受東方文化薰陶的知識分子，自然而然產生了對現代物質文明的疏離和反抗。我認識一位研究唐詩的中國學者，不久前到北美洲講學，發現學生最喜愛的唐代詩人並不是李白、杜甫或白居易；風靡一時的竟是寒山。他只好把中國人一向不列為重要詩人的詩僧包括在教材內。我們可以說寒山的詩正投嬉皮士之流所好，同時由此見微知著：原來西方人士的精神空虛有時免不了借助東方文化的旁支來填補。

前些日子接到英國漢學家霍克思（David Hawkes）來信，說起他已遷往威爾斯鄉間定居，生活愉快云云。霍克思是當代中國文學權威，在翻譯上的貢獻有目共賞，先後出版了《楚辭》（去年完成修訂版）、《杜甫入門》、《紅樓夢前八十回》等譯作。如果韋理（Arthur Waley）是中譯英的第一代巨匠，那麼霍克思可以說是第二代的泰斗——事實上，他原是韋理的衣缽傳人。他們的特長是非但譯好書，而且譯成好英文，因為本身就是第一流的文體家。這在不再講究文字的今日社會已不多見。當初霍克思為了專心迻譯《紅樓夢》，不惜辭去牛津大學中國文學講座教授之席——多少漢學家夢寐以求的最高榮譽。後來牛津最著名的諸靈學院（All Souls College）聘他為高級研究員，無須授課或處理行政事宜，他才稱心如意地把《紅樓夢前八十回》

譯完。他認爲既然大家知悉《紅樓夢》的後四十回是續作，那麼目前流行的一百二十回本的作者實際上是兩人，翻譯這本書理應分由兩位譯者擔任才是。這是何等睿智的眼光！因此譯完三冊之後，第八十一回起交由他的得意門生閔福德（John Minford）續譯。第四冊業已出版，第五冊正作最後校訂，今年當可面世。

高級研究員雖是榮譽職位，但人在牛津，身不由己，免不了學術界的應酬，有些訪客不得不接見；如有學生請益，也不能饗以閉門羹；國際學術研討會的邀請，勢又不便拒人於千里之外。霍克思天性喜靜，對外界的殷勤漸感不勝其煩。他的第一部譯作：《楚辭》（*The Songs of the South*，一九五九年牛津版）絕版多年，爲了滿足各方面的要求，遂決定細加注訂，另寫新序，由企鵝經典叢書發行新版。大功告成後，即提前退休，放棄優閒的差使和足堪溫飽的薪酬。退隱之計顯非一朝一夕的事，他原在威爾斯鄉下置有農舍，該地遠離塵囂，風景奇幽，據說是目前英倫三島絕少受到現代文明侵蝕的區域。隨後設法在房屋周圍添購兩英畝地，到了去年秋間，全家搬到威爾斯務農去了。

這消息傳來很是突然，因爲他年方耳順，大可以繼續從事研究著譯多年，向牛津提前告別勢必影響到日後的生活方式。兩英畝地在中國可能把他畫入中農，可是在西方微不足道，不能稱爲農莊。想來他另有謀生之道，飼養家畜、種植蔬果，維持簡單樸實的生活。好在他天生四肢勤而五穀分，舉凡鋤地犁庭、伐木汲水、修廬編欄等勞作都能勝任愉快，非但不以爲苦，反而得到莫大的樂趣。他深感宿願得償，索性把大部分重要的東方語文藏書捐贈給威爾斯國立圖書館，爲該館奠立基礎，使東方文化得以移植到英倫三島的西端，希望有朝一日漢學能在該區開花結果，成爲「東學西漸」的先驅。他既卜居於威爾斯，遂下決心學習威爾斯話，發現該方言已在古英文之前存在多年，比中國各種方言存有古音古義的現象猶遠過之。料想他學會了土語，將來便可和鄉鄰享「共話桑麻」之樂。

他這次的決定使我聯想到陶淵明的歸農。他們可以從田野中目睹「平疇更遠風，良苗亦懷新」，也可以體會到「衣食終須記，力耕不吾欺」。可是兩人的出發點並不盡同，陶淵明因爲早年不得意於仕途，痛恨當時政治的腐敗，才選擇了歸農之途。霍克思少壯時已在英國漢學界大放光芒，然後實至名歸，受任牛津中國文學講座教授，成爲一代大師。他的退隱，一則爲逃避盛名之累，二則卻是厭棄現代西方科技文明所帶來的惡果。然而他們有一點相同：都不遁世，而是入世的。有人認爲陶淵明深受道家影響，例如朱熹云：「淵明所說者莊老。」可是一般人則認爲陶淵明基本上是儒家。他既是詩人，我們應該看他詩作所流露的眞性情，而陶詩絕少佛家教義，即使有道家思想的痕跡，亦不足以動搖他儒家的本體。「先師有遺訓，憂道不憂貧」，先師並不是老子，而是孔子。四言詩：「先師遺訓，余豈云墜」說得更明確。詩中引用《詩經》、《論語》之處遠超過《莊子》。「少年罕人事，游好在六經」說明他的興趣所在。顧炎武指出他人在田野，「有志天下」，不免以明末遺民之心，度羲皇上人之腹。《詩品》列陶淵明爲中品固然有欠公允，但說他爲「古今隱逸詩人之宗」，卻把他以融通儒道思想而見諸於實踐這一點，具體地點明了。

霍克思多年浸潤於中國經典作品中，可是還不至於揚棄其本國的傳統文化，變成黃老的信徒。且看他平生用功最勤的四種著作：《楚辭》、《杜詩》、《元曲》和《紅樓夢》，都不是提倡出世思想的。屈原和杜甫是忠君愛國詩人，盡人皆知。紅樓夢中賈寶玉最後出家是由於一連串的打擊和幻滅，全書並沒有用出世爲主題，反而處處表現出他對生平所見諸「異樣女子」的熱愛。他偶爾談禪和續南華經，並不是佛老的信徒，即使做出驚世駭俗的焚書之舉，仍不過「禍延古人，除四書外，竟將別的書焚了」（此句見脂抄本，爲程高本刪去）。可見他雖看不起那些腐儒，仍保留了四書。由霍克思所致力的經典，我們不妨推測，他所追求的理想生活，是從大自然和原始樸素的生活中，並不是從書本和世俗交往中取得精神和物質上的食糧。他和陶淵明的出發點容或有異，但「聊爲隴畝民」的心願是相同的。

初聞霍氏歸隱，我不免一驚，頗感意外。大概自己多年來爲卷帙所誤，在白紙黑字中迷失了本性，對他的果敢決定一時不能接受。後來才慢慢悟到他正在尋求「忘言於眞意，委運於大化」的境界，目前反璞歸眞，心安理得，應該替他高興才是。因此最近請人寫了一幅屏條，上錄陶淵明〈歸園田居〉五首之三，送給他補壁。

種豆南山下，草盛豆苗稀。
晨興理荒穢，帶月荷鋤歸。
道狹草木長，夕露霑我衣。
衣霑不足惜，但使願無違。

這首詩他一定熟悉，希望他欣然會意，知道有人在千里之外遙祝他所願無違。

在聞悉霍克思退隱消息差不多同時，收到前哥倫比亞大學東方語文系教授華茲生（Burton Watson）的信。十年來，他一直是香港中文大學翻譯研究中心出版的中譯英半年刊《譯叢》的顧問，一九八一年還特地爲第十五期「史學專號」撰寫〈論中國古代史學著作〉一文，其後看到第十六期葛浩文譯楊絳的《幹校六記》，又寫信向我們致意，嘉許原著和譯文爲近年罕見的傑作，並提及他已離開京都大學，正式加入了大阪的一個佛教團體。我閱信深以爲異。他精通中日文學，翻譯和著作的質與量均屬第一流，堪稱當今美國漢學界的頂尖人物。試看他的出版作品書目，就知他譯作之勤；中譯英計有史記、墨子、荀子、韓非子、莊子、蘇東坡、寒山、漢魏六朝賦、陸游詩文選、前漢書等，另有不少日譯英作品。

華茲生初隨王際眞在哥大攻讀中文，後入京都大學進修日文。近年輪流在兩大學執教，雖然保留了哥大教授的名義，可是逐漸留居日本的時間較多。一九七九年獲哥大翻譯中心頒贈

「金章獎」以表揚他「一生在翻譯藝術上的卓越成就」。他甘願在京都大學執教並不出人意外，因爲他日文造詣之深，尤勝中文。京都是日本保留古代文化最完整的城市，令人起思古之幽情，捨紐約而就京都固在情理之中。一九八一年他同日本學者合譯的《日本歷代詩選》出版，凡重要詩人，自第七世紀至二十世紀，都有代表作入選。我接到他的贈書後，覺得他在興趣上「移情別戀」，中譯英方面固屬損失，日譯英卻增添了一位主將。然而他進一步辭去京都大學教席，加入大阪的佛教團體，未免叫人驚詫。側聞他仍爲佛教團體做些翻譯工作，但毅然脫離了教學生涯，不能不說是一個巨大的轉變。

一九八三年他來信說曾隨東京的佛教團體往中國大陸旅行，並不像觀光旅客那樣遊覽名勝古蹟，卻和佛門弟子一般懷著虔誠的心情瞻仰中國歷代的名山古剎，足跡所至包括西安、洛陽和心嚮往之的天臺山。他既沒有透露身分，想來也沒有驚動學術界人士，就此從來處來，到去處去了。至於他究竟皈依我佛如來沒有，這是個人信仰問題，旁人自不便過問。他雖然沒有剃度出家，但是從行止上可以看出他寧棄高等學府而就沙門，追求的不再是文字障，而是菩提妙境。霍克思和華茲生兩人可能相識，但事先絕不會取得默契，相約差不多同時採取類似的行動。他們的捨名就理可謂無獨有偶。鑑於兩人正處於事業的巔峯，不惜摒棄紙上榮華，恬然退隱，我們實不能以孤立的偶然事件目之。

現代科技日新月異，國家和社會必須追上潮流，推陳出新，否則非但不能據足要津，還可能無路可退。不過科技是機械的，人是靈活的，人必須控制科技，不能讓科技控制人。日本和南韓人民特別尊重本國傳統文化，可以從他們的國民性看出來。中國是東方文化的發源地，很多中國人反而身在福中不知福。大家注重的是如何引進西方尖端科技，如何吸引外資、建設工業，往往視固有的優良傳統爲糟粕，輕易稱之爲「封建社會的殘餘」，加以一筆勾銷。殊不知中國文化是世界上歷史最悠久的文化，其能在固定的疆土上延綿不斷必有緣由。埃及、古希臘、希伯來文化的輝煌過去只能移植於後代異國，新興國家的文化爲期短暫，不能和中國相提並論。所謂傳統必是經過去蕪存菁過程遺留下來的精華。蘇俄政權成立以來，芭蕾舞和古典音樂始終保存舊日的優良傳統，到現在這兩項還不停產生第一流藝術家；而繪畫、文學創作、建築等藝術横遭「社會主義的寫實主義」干擾以致乏善可陳。其中關鍵可以思過半矣。古語云殷鑑不遠，我們實應知所警惕。

霍克思和華茲生是當代英美首席漢學家兼翻譯家，斷然歸隱，和中國士大夫不隱於朝而隱於野的方式若合符節。這是個人的取捨。環視國際形勢，有人以爲日本正傾全國之力從事發展電子工業俾與美國電子工業作殊死戰，想不到這島國的高級學府學者、政府官員和平民組成了特別小組，精心研究二十一世紀發展大計。他們擬出一份建議，結論是：將來社會發展重點必須從追求國民生產，轉而爲國民福利淨值；從追求物質文明和財富，轉而爲個人與團體之間的和諧關係與更高的精神境界。如此方可從大量消耗能源、礦產、食糧和海洋與太空污染的困境中自拔。這份報告書最近由大藏省發表，創造了不少新名詞，主張以服務爲主的「軟體經濟」替代目前的「硬體經濟」。由此可見日本並不是完全金錢掛帥的國家，它之所以能躋身於超級大國之列絕非倖致。近年來新加坡政府也體會到物質文明並不是健全社會的唯一保障，所以請了不少海外專家去研究文化和教育問題，並已於年前將中國經典——尤其儒家學說——編入中學教材。這是國家的政策。日本和新加坡的構想能否使東西文化融合運行，相輔相成，還有待證明。個人如此想法，國家如此看法，這難道還不值得我們深思嗎？

附記

本文完成後，曾分別寄給霍克思和華茲生過目，因涉及他們的私生活，如有不妥之處，恐干未便。幸而他們閱後不以爲忤，反而不吝提供一些新資料。原來企鵝出版社近年出現赤字，難以維持，唯有將資產出讓給美國商人。美國商人接手後另有一套經營手法，認爲英譯《石頭記》前三冊的封面以靜物爲主，不足以表現其爲愛情小說，竟擅作主張，擬將一幅《西廂記》的畫作爲第四冊的封面。兩位譯者聞悉啼笑皆非，連忙提出嚴重抗議，指出《西廂記》的故事發生於明朝，時代不合，而且畫中紅娘、崔鶯鶯、張生三人會令讀者誤以爲是寶玉、寶釵、黛玉的三角戀愛故事。豈知出版商置之不理，雖然根據合約譯者有權反對，仍一意孤行，照原議出版。聽說第四冊銷路不俗，將來五冊出齊後，並擬另製精裝紙盒，將五冊合裝成套，以便傾力推銷。企鵝出版社多年來爲英國出版界創造新風氣，堪稱此中翹楚，想不到最後仍須借助美國的推銷術起死回生，由此可知出版事業始終擺脫不了陶朱公的掌握。

華茲生來信云，他之所以遠離哥大、留戀京都帝大，實因篤信禪宗，而日本當代禪宗大師即執教於該校。他抱近水樓臺先得月之旨，希望能親獲薪傳，惜大師臥病多年，無法如願。失望之餘離校轉赴大阪加入創價學會，而後者信奉的是日蓮宗，所以他目前的翻譯工作無非爲稻粱謀耳。最近將舊譯新作彙成一冊中譯英詩集，定名爲《哥倫比亞中詩選》，自《詩經》始至宋詞止（他著作中早有一九六二年的《寒山詩一百首》、一九六二年的《中國古代詩》、一九六五年的《蘇東坡選集》、一九七一年的《中國抒情詩》和《中國賦選》，及其他散見於各刊物和選集的譯文），作爲一個總結。據云，此集之編選完成有年，因排印緩慢，延至一九八四年秋方面世。可見他對此道未能太上忘情。但願兩位大師於退隱後，偶然隨興之所至一顯功力，則中譯英的高手行列中不至於過分寂寞。

——一九八四年

翻譯和國民外交

余光中寫了一篇〈翻譯乃大道〉，深獲我心。這些年來，譯壇略有寸進，可是速度有如蝸牛爬行，而且局限於英美文學中，沒有羣川歸海的胸襟。最令人氣短的是國家社會繼續以旁門左道（似乎還不配稱爲小道）目之，壯夫莫爲。

兩年前我曾在聯副發表〈現代譯壇的新方向〉一文，指出林文月迻譯《源氏物語》的苦心孤詣，她有了使人刮目相看的全譯本，遂得代表我國參加美國印第安納大學主辦的世界性「源氏物語研討會」。聞說日本東方學會今年爲成立三十週年，正籌辦紀念大會，其中有一天專題討論《源氏物語》，僅邀外國嘉賓三人：除了林文月，還有美國的經氏（Donald Keene）和賽氏（Seidensticker），法、德等國譯者不與焉。這才是眞正的國民外交。經氏終其一生爲翻譯日本文學而努力，日皇特頒賜榮譽獎章以誌其功。川端康成榮獲諾貝爾文學獎，曾向賽氏表示，獎金應和譯者平分。楊絳將《堂・吉訶德》自西班牙文譯成中文，西班牙國王訪大陸時，即獲贈精裝本中譯留念。西班牙國內精通中文的學者嘉許爲不可多得的佳譯，當局隨邀請譯者前往訪問，禮待極隆。由此看來，第一流的翻譯家不啻是最好的國民外交家，他們的功績豈在駐外大使之下？林文月現正細校修訂版的再版本，預備帶去參加日本東方學會大會，同時在執教寫作之餘，繼續翻譯川端康成等的作品。這樣默默耕耘的翻譯者不求名利，但看到成果時，想必有一種隨收穫俱來的滿足之感。

我曾將英國韋理、美國賽氏、林文月和豐子愷的四種譯本對照校閱了幾章。韋理的譯文主觀最強，將書中描述的繁文縟節刪去不說，原作暗中交代或沒有交代的地方，他卻大加發揮，添寫了不少章節，實犯翻譯的大忌，不足爲法。豐子愷根本沒有說明根據的是哪種版本，譯文半文半白，「的了嗎呢」等虛字成了「之乎者也」；和歌不是譯爲五絕，就是謅成七言詩兩句，不中不和。誠如余光中所說，誤譯之處不少，就翻譯論翻譯，顯然不孚眾望。林文月的譯本初版分五冊發行，第一冊較賽氏爲早，全書較賽氏全譯本爲遲。從譯文可以看出兩人曾受嚴格訓練，林文月沾光的是原作很多地方源自中國古典詩歌和典故，還原起來自然而清楚，這點在賽氏譯文中只好從註解去體會。和歌部分則林文月另創新的形式以配合原作的韻味，頗見巧思；賽氏譯爲兩行散文，雖盡量表達原意，但找不到歌詠的痕跡。不管林文月所創的新形式效果如何，其用心良苦，值得一讀。賽氏的譯文乾淨俐落，和林譯各有千秋，堪稱上品。我當時很想寫一篇分析性的評介，但以自己不諳日文，寫出來恐干「強以不知爲知」之譏，所以遲遲不敢動筆。然而林譯是跳出英文圈子的嘗試，此點毋庸置疑。

紀德說過：「每一位優秀的作家都應該至少爲祖國譯一冊優秀的文學作品。」想起來是作家駕馭文字能力強，譯出的成品圓熟可誦，易受讀者歡迎，無形中帶來新鮮的文化震盪。我們不妨回顧和環視譯壇情況：夏濟安譯了《美國散文選》；喬志高除了《大亨小傳》、《長夜漫漫路迢迢》外，近年正在譯伍爾甫長逾五十萬字的《天使，望故鄉》；余光中已經譯了十冊書，並擬日後繼續翻譯畫家傳記；湯新楣譯了《戰地春夢》和凱塞的《原野長宵》、《我的安東妮亞》；我本人大部分時間花在編輯翻譯書刊上，譯作較少，《攻心記》還不能算是經典之作，惟盼退休後仍有精力譯一部名著或有益世道人心的作品。希望其他學者作家爲了國家文化發展前途，在教研創作之餘作出一點犧牲，響應紀德的呼籲。

目前我們的譯壇還自困於英文的範圍中，因各大學的外文系偏重英語，國家社會也偏重英文人才，忽略了其他國家的語言文字和文化寶藏。皇冠的《世界名著精選》幾乎把美國的暢銷書一網打盡，魄力驚人，可是只照顧到英美文壇。歐洲方面，法文有程抱一和胡品清，不免人單勢孤。西班牙文素來受到忽視，使我想起，不知三毛可否介紹一些西班牙和南美洲作家的作品；侯健譯了《柏拉圖理想國》，雖然由英文轉譯，卻是極好的開端，可惜還未見到有分量的評介文章。我不能了解的是：難道我們這富裕的社會，果眞安於精神的貧乏？難道我們明知前途困難重重，必須竭力爭取友邦的同情支持，卻安於享受精神上的美援？一句話，我們應該放眼四海，還是應該滿足於苟安的現狀？國家、社會、個人實應冷靜地反省一下。

——一九八五年

再思錄

正名

我寫了一系列〈文思錄〉之後，好久沒有下文。友人問起是否靈思枯竭難以爲繼，我笑答：〈文思錄〉的篇名似有問題，因爲《論語》中有這樣一段：

季文子三思而後行。子聞之，曰：「再思可矣。」

所以繼過一番考慮，改用〈文思錄〉爲名，繼續寫下去。

「再思可矣」，一般學者認爲應斷讀爲「再，斯可矣。」孔子嫌三思太多，世故太深，因此主張一思之後，再思就夠了。這使我想起十八世紀英國有位名不見經傳的作家出版了一冊*Thoughts*（《偶思錄》），此後遇到熟人就問讀過他的著作沒有？有一次問起名演員兼劇作家伏脫（Samuel Foote），後者答道還沒有，正在等他的續集呢。「為什麼？」「因為大家都說：Second thoughts are best.」這句話大可以譯為「再思為上」。

姓名

法國近代大詩人梵樂希曾說過：「一首詩的題目與詩本身的關係，其外在性和重要性猶如人的姓名和那人的關係一樣。」不同之處是人呱呱墜地之日不能自己選擇姓名，而詩人卻可以依照心意選擇題目。

姓名就像人的外表，可以氣概非凡，可以平平無奇，也可以驚世駭俗。外國人起中國名字和中國人起外國名字尤其花樣百出，各有巧妙不同。抗戰期間，有一位英國人起名馬彬龢，穿中國長袍，能說能寫中文。美國哈佛大學中國歷史系教授費正清，姓名也像道地的中國人，問題是太像中國人，反而容易引起誤會。倒不如邱吉爾、羅斯福、杜魯門，雖然有中國姓名，但中國人很少用爾、斯、門等字為名，一看就猜得出是翻譯，恰到好處。可是也有令人大吃一驚的，例如姓風名流：姓風猶可，別的名字都可用，偏偏要叫風流，大概想出風頭，所以在姓名上出人頭地吧。此外，我一直記得美籍教師如客廳的芳名。以如字爲姓固然少見，以客廳爲名更匪夷所思，如客廳指像客廳則根本不是客廳，非迎客之道；如字從如夫人的說法，則成爲側客廳或小客廳，也不成其爲格局。每次想到這名字就忍俊不禁。

中國人的外國姓名往往不由自主，基督徒受洗禮時必須有教名，毋庸細說。一般人取洋名主要爲了方便，以免引起混淆，例如林以亮，到了外國人口中，很容易變成「梁（Liang）先生」。可是有時出於外國移民局的無知，自己也不知如何會移了名換了姓。名攝影師黃宗霑的英文姓名是James Wong Howe，結果成了「浩（Howe）先生」。大企業家王安，外國人不會讀王，讀如萬，成了「萬安」，倒也非常吉利。另有一位不識英文的人，名叫勃文，請友人代擬洋名，誰知這促狹的朋友竟擬爲Buffoon（小丑），他還覺得聲音相近，洋洋得意，印在名片上，逢人派送。幸虧他不叫勃朋，否則成了Baboon（狒狒），豈不更妙？

莎翁再世

美國有一個人名叫William Shakespeare，和舉世聞名的大文豪同名同姓。此姓極罕見，據說他的家世與莎翁無關，而父母偏偏給他取名William，帶來不少煩惱。從小到大，人家問他姓名時，他一說William Shakespeare，聽者一律譏以"Oh yeah!?"（這反應不能直譯爲「是嗎？」或「眞的嗎？」；還是「去你的！」接近一點）。後來這倒楣的傢伙只好另改姓氏才能過太平日子。依此類推，姓李的千萬別替兒子起名爲白，姓杜的也別替兒子起名爲甫，否則眞是存心叫他難做人。

語文之難

外國人學中文之難，已盡人皆知。中國人學外文何嘗容易；眞正能達到能聽、能說、能寫外國語文的頂峯，舉世滔滔又有幾人？英法兩國僅一海之隔，精通兩國文字者固然不少，但通文墨者必未嫺於語言。王爾德曾以法文撰寫《莎樂美》舞臺劇，上演後轟動一時，可是他旅法時講的一口「蹩腳」法語，很少人聽得懂，往往只能借助於筆談。艾略特早年用法文寫詩，爲波德（Ernest Boyd）所諷，指謫他不會運用法文動詞，以後就此藏拙。十九世紀法國學者泰納（Taine）著有《英國文學史》兩厚冊，當年堪稱權威，可是他旅居英國時，早餐要了牛油烤麵包（buttered toast），吃到的竟是洋山芋（potato），也只好默默嚥下，有如啞子吃黃連。

中詩英譯

余光中翻譯了王爾德的喜劇 *The Importance of Being Earnest*，中文劇名定爲：《不可兒戲》，語含雙關，一方面暗示婚姻大事，豈可兒戲，另一方面明指戲中粗心大意的保母誤將嬰孩放在手提袋裏，留於倫敦火車站的行李間，以致引起重重誤會。這劇名倒是絕好的警句，可以用作翻譯工作者的座右銘。嘗見某美國名教授翻譯中國古典詩，其突梯滑稽尤甚於小兒嬉戲。

杜荀鶴的「儒門自多事」，儒門泛指士林，到了他筆下，卻成爲“But my academic door never lacks for problems.”就好像這位教授徒然擁有寬敞的辦公室，門雖設而常開，不時有學生去請益，訪客去拜候，川流不息，應接不暇似的。唐彥謙的「野人心地都無著」，心地指人的品性，成語有心地善良、心地光明、心地糊塗等說法。到了他筆下卻成爲“A man in the country, I keep no address in my heart.”

彷彿他身在鄉間，心情輕鬆，連至親好友的「地」址都不放在「心」上了。更令人絕倒的是寒山的兩句詩：

豬不嫌人臭
人反道豬香

第二句中的「道」其實就是稱道，可與「說」或「曰」通用。他卻認爲這是大道理，「耶穌自有道理」之外，老子的《道德經》第一句就是：「道可道，非常道」，所以根據自己的生活習慣硬譯成"Men even lecture on the scent of pork."但願幾時有機會聽聽這位老先生怎樣在課室裏宣揚「咕嚕肉」的甜酸香味！

沉香

《紅樓夢》第二十三回中，賈寶玉遷入大觀園怡紅院，心滿意足之餘，寫了四首四時即事詩，其中〈秋夜即事〉的尾聯是：

靜夜不眠因酒渴
沉煙重撥索烹茶

霍克思將「沉煙」譯爲thick smoke，張心滄譯爲smouldering embers，都以爲是沉滅的炭火。其實沉煙指「沉香」（產於海南、交趾等地）之煙，我曾爲文指出。其後從《花間集》中見到不少具體例句，如張泌的〈虞美人〉：

珠簾不卷度沉煙

顧敻的〈虞美人〉：

小金瀰鶒沉煙細

和〈酒泉子〉：

帳深枕膩炷沉煙

顯然均寫金閨中薰燃的沉香。這可以追溯到李賀〈貴公子夜闌曲〉的首句：

裊裊沉水煙

有人解水煙爲霜霧，以沉爲動詞，未免失之牽強。按王琦《李長吉歌詞彙解》引《南州異物志》：

沉水香出日南，欲取當先斫壞樹著地，積久外自朽爛，其心至堅者，置水則沉，名曰「沉香」。

詩題「貴公子夜闌曲」頗合寶玉身分，其中有無關聯，則屬於微妙的創作過程，非外人所能臆測。

沉下去的生命

沉香放在爐中過久而漸趨熄滅，加以重新撥弄，又會復燃，但最後仍逃不過焚盡香散的命運。人生何獨不然？古來英雄豪傑、詩人畫家，盛時的成就或可久傳青史，但到了暮年，還是免不了衰老病死。關鍵在能不能勘破這一關，否則貪生怕死，與常人何異？文藝復興三傑之一達文西的話值得我們深思：

就好像過得有意義的一天會帶來酣睡，人的一生如果用以助人濟世，死時便能安然瞑目。

這想法有點像中國以儒家爲本、道家爲輔的人生觀。他另一句話簡直可以插入古代道家的經典：

至樂為哀之源，大智乃愚之本。

下面一段也和我們傳統的道家思想隱然吻合：

> 「無」沒有中心，也沒有界線。
>
> 反對我的人說：「無」和「空洞」是一而二、二而一的，名雖異而實同。我的回答是：「空洞」一旦存在，它的周圍便同時有了空間，可是「無」卻和空間完全無關；所以「無」和「空洞」並非同一回事，「空洞」在無限的範圍之內，而「無」卻不可以分除，因爲「無」再也不能比它本身更少；如果我們從「無」取走一部分，這一部分就等於「無」的整體，而「無」的整體也就等於它的部分。

習於「有」、「無」、「道」、「眾妙之門」等名詞的讀者聽來，這種論調不啻空谷足音。

人與藝

達文西是文藝復興的代表人物，他非但是當時藝術界的大師，而且發揮了文藝復興從中古的宗教束縛解放出來人類心智的最高功能。太陽底下的事物，他幾乎無所不知。前節所引不過是他偶爾隨手錄在筆記中的感想。實際上他浩瀚的筆記無所不包，上自天文、大氣、水、地，中兼數學、科學、機械、飛行、藝術（包括繪畫、建築、雕刻、音樂）、人體解剖、光影、透視，下及軍事上的攻防武器等等。出人意表的是他飼養不少鳥類，又把牠們從籠中放出去，細心觀察牠們的動作。他相信鳥既然能飛，而鳥有體重，依此原則，人類也應該可以在空中飛翔。對這方面他有極大興趣，非但深入研究，而且還做了設計和素描，包括直升機、降落傘、測量風速和風力的儀器，可以說是現代航空學的先聲。然而他畢竟是藝術家，筆記中最寶貴的還是他對藝術的見解，尤其對自己作品的紀錄。有一段描述「最後的晚餐」畫中諸信徒的姿態，經學者核對，大致和畫中人物相吻合，他傾畢生的精力在這幅畫上，雖然生前未竟全功，但終於成爲傳之永世的傑作。西諺有云：「藝術永恆，人生短暫」，信然。

謎樣的微笑

達文西另一幅名畫「蒙娜麗莎」，畫中人只不過是個商人婦，可是她神祕的笑容令觀賞者神魂顛倒了四個半世紀之久。英國大散文家沛德在《文藝復興》一書中對這畫的描寫更使人嚮往不置，因此產生了各種不同的說法。傳說中在繪像時，樂隊在旁演奏美妙的音樂，才令她嫣然微笑。有人根據佛洛伊德的學說，認爲達文西幼年失恃，這幅畫是他對亡母的懷戀。其後，又有人花了不少工夫考證：達文西終生不娶，也沒有過他戀愛的記載，因爲他是同性戀者。年輕時，他因和另一同學行爲不檢，爲繪畫老師所逐。蒙娜麗莎的微笑和另一幅聖母像和聖約翰像的笑容如出一轍，大有可能源自同一男性模特兒。這篇考證說來頭頭是道，但仍解不開一個謎：爲什麼蒙娜麗莎的微笑永垂不朽，而其餘「畫中眞眞」的笑容卻逐漸淡出？這就是藝術的奧祕吧。

古已有之

達文西如生活在現代歐美，大家可能對他斷袖分桃的偏嗜不以爲異；如果說這種行徑中國古已有之，也不是沒有根據。阮籍〈詠懷詩〉之十二，首兩句爲：

昔日繁華子
安陵與龍陽

安陵君以色事楚王，龍陽君以美貌見寵於魏王，可以追溯到戰國時代。阮籍此詩不以他們侍奉君王爲恥，反而讚揚他們的忠貞：

丹青著明誓

永世不相忘

注者雖然說阮籍另有所指：

安陵龍陽以色事主，猶盡心如此。而晉文王蒙厚恩於魏，將行篡奪，籍恨之甚，故以刺也。

但整首詩沒有絲毫貶意，老阮雖狂，尙不至於視反爲正。倒是後世說部中同性戀較少見，大都以俊男孌童補妻妾之不足。《紅樓夢》中薛蟠有了香憐玉愛之餘，有眼無珠，找上了柳湘蓮，挨了一頓痛打。《金瓶梅》中，西門慶有了妻妾、丫鬟、外遇不算，偶然還要找個孌童調劑，這是性慾氾濫成災，有失同性戀本意。

在這一方面，袁枚比較開通。他不諱言：

余弟子劉霞裳有仲容之姣，每遊山，必載與俱。趙雲松調之云：「白頭人共泛清波，忽覺沿堤矚目多。此老不知看衛玠，誤夸看殺一東坡。」

他更進一步肯定同性戀的正常性，公開指名道姓，稱頌其事跡：

兩雄相悅，如變風變雅，史書罕見。余在粵東，有少艾袁師晉，見劉霞裳而悅之，誓同衾枕，忽爲事阻，兩人涕泗漣如。余賦詩詠之。不料事隔十載，偕嚴小秋秀才游廣陵，遇計五官者，風貌儒雅，亦慕嚴不已，竟得交歡盡意焉。

最後還作詩誌之，結句云：

自是人天歡喜事，

老夫無分也魂消。

破瓜

前引阮籍詠懷詩，亦見《玉臺新詠》。該書卷十有孫綽〈碧玉〉詩兩首，第二首第一句爲：

碧玉破瓜時。

根據類書，「破瓜」有三種解釋：一指少女月事初來，如瓜破則見紅潮；二指女子破身即破瓜；三指二八妙齡，因「瓜字破之則爲二八字，言其二八十六歲耳」。前兩說經學者先後指出係附會的解釋，不足爲據，後一說比較合理。謝蘊詞「破瓜年紀小腰身」，可能接近第二解，李羣玉詩「碧玉初分瓜字年」則印證了第三解。問題是瓜字本身看不出兩個八字，幸而袁枚提供了令人滿意的解答：「蓋將瓜縱橫破之，成二『八』字，作十六歲解也。」平時我們吃瓜總是橫一刀，豎一刀，剖而分之。本來「吃西瓜的方法」是詩的題材。

晨鐘

張岱《陶庵夢憶》自序最後一段說：

余今大夢將寤，猶事雕蟲，又是一番夢囈。因嘆慧業文人，名心難化，政如邯戰夢斷，漏盡鐘鳴，盧生遺表，猶思摹搨二王，以流傳後世，則其名根一點，堅固如佛家舍利，劫火猛烈，猶燒之不失也。

四十年前初讀時，以爲「漏」指銅壺滴漏，漏盡而天明，鐘聲大鳴而夢醒。後來讀了點佛籍，始知自己見聞之陋，原來佛家以漏爲煩惱之異名。「有漏」指三界之煩惱，「無漏」指斷除煩惱。漏盡則已達到無漏之境，煩惱盡消，靈臺空明。所謂「鐘鳴」，並不指有形有聲的鐘，而指心田上的鐘聲噹噹大鳴，追逐人間名利的黃粱夢也就霍然而醒。

暮　鼓

張岱的話是悟道之言，可是沒有徹底見諸於行。他仍然寫了《琅環文集》、《陶庵夢憶》、《西湖夢尋》、《石匱書後集》等書。不過如果人人斷絕名根，不再從事所謂「雕蟲」創作，則這世界上將沒有文學、美術、音樂，人類的生活會變得多麼空虛和寂寞！

我們對有個性和貢獻的作家自應加以鼓勵，表示感激。至於那些浮沉於古今中外汪洋書海中的「蜉蝣」作家呢？我們不是法官，他們也沒有犯罪，唯有由時間來證明：他們是否禁得起歷史浪潮的衝擊，長期屹立不倒。《南史．梁書》蕭恭傳有一段話：

> 下官歷觀世人，多有不好歡樂，乃仰眠床上，看屋梁而著書，千秋萬歲，誰傳此者？勞神苦思，竟不成名，豈如臨清風，對朗月，登山泛水，肆意酣歌也。

把它看做有自知之明的達觀話也可，看透文藝境界無窮無盡的傷心話也可，至少會讓人內省一下。

勵志

《隨園詩話》卷帙浩繁，沒有經過篩濾，往往金玉和沙泥不分。作者尤其喜歡引用閨閣詩：如某先生篋室、竹筠女子、金陵女、姬人、夫人、女弟子、金陵閨秀、長洲女子、才女、女校書、三妹、四妹、堂妹、太夫人、山陰女子、同鄉閨秀、吳江女史、女乩仙、松江女史、閨秀之母、會稽女子、吳門閨秀、京江女弟子、石門孝女等，幾乎無詩不錄。

他自承一生「好詩和好色」，從不以他人詬病詩話收得太濫爲忤，一再聲言：「採詩如散賑也，寧濫毋遺。」對讀者說來，卻不免增添了一番披沙揀金的手續。然而此老畢竟是性情中人，我們偶然讀到他具有見解的話，頗像在浮雲間瞥見閃爍的星光一樣，心頭爲之一亮。例如這一條：

余嘗語人云：

才欲其大，
志欲其小。

童二樹詩云：「所欲不求大，得歡常有餘」，眞乃見道之言。

我不禁手癢，將近來讀書偶有所得之見續了兩句：

學求其富，

寫求其少。

爲本文作結。

——一九八五年

像西西這樣的一位小說家

一

香港的工商業不可能在一個文化真空的社會中堂皇地打入國際市場，正如奇花異草不會在不毛之地上生長一樣。四十年前大家口口聲聲稱香港為「文化沙漠」，香港社會和市民默不作聲，很少提出抗議或加以反駁。這並不是說香港完全沒有文化可言，而是香港各公私團體採取一種徹底的放任自由主義（laissez-faire），只要不牽涉到政治，任由文化活動自生自滅，既不加以阻礙，也談不到鼓勵和支持。學生喜歡學習音樂或芭蕾舞，當然是好事，自有海外專家來評定他們的成績。要進一步深造，概由學生自行設法出洋進修。至於世界聞名的音樂家在東南亞巡迴演奏，如日期和條件適合，則由私人機構代為安排租借場地演出；聽眾多數為高級知識分子。像一般大都市一樣，文藝青年如果志同道合，照樣可以出版同人刊物，可惜銷路有限，難以持久，此仆彼起，終究不成氣候，但總算培植了一批有熱誠和才能的精英分子。這種情形一點不足爲異，在剛開始時，香港的工商業何嘗得到政府的扶助支持？添置生產設備不會享受減稅的優待，打開出口市場更談不到什麼經濟上、資料訊息上的協助，因爲香港在這方面根據的仍是古典的放任自由主義：各憑天命。

然而社會隨著時間的進展永遠在變動。香港工商業的發展帶來了繁榮和國際地位，政府也相應採取了輔助的措施。當局仍舊採取放任的自由政策，可是由政府津貼和補助的機構，如香港貿易發展局、旅遊協會、生產力促進局等陸續成立，以半官方的姿態給予各行業以協助。文化方面則由市政局興建大會堂：除了圖書館和博物館之外，還有大小展覽廳和大小劇場，使民間各種文娛活動得以低廉的代價取得表演的場所。於是業餘的話劇團體、專門放映無商業價值的電影的「第一映室」、私人和團體的書畫展覽、舞蹈、粵劇、京戲、交響樂隊和演奏家表演等等逐漸蓬勃起來，成爲社會生活的一部分。在文藝方面，也有各種討論會、專題研討會、創作比賽、辯論、朗誦比賽等輪流舉行。而香港市民果能不負期望，在各環節都有優秀人才出現。攝影方面一向參加國際性的沙龍比賽而名列前茅，青年一代更能創新由靜態擴展到動態；電影方面打入了國際市場；電視製作水準稱雄亞洲，僅次於日本；繪畫、音樂人才多向外流，亦可躋身好手之林；民間成立了正規的芭蕾舞學校；其餘具一技之長的藝術家也不在少數。這蓬勃現象和政府最近幾年來支持各有關藝術互爲因果。政府成立了音樂統籌處，給予數以千計的青少年學習機會；香港廣播電臺的節目在推廣文化方面功不可沒；市政局屬下的交響樂隊和話劇團的成立和演出提高了這兩方面的水準；然而政府在大力扶持大專教育之餘，另行創辦了頗具規模的香港演藝學院，更令人興奮，因爲此後具有演藝才能和潛質的青年無須到處尋找出路，可以就地深造。香港「文化沙漠」之稱成了歷史名詞，尤其將人口和地理面積因素加以考慮之後，目前在亞洲並不比其他地區遜色，將來極可能成一個文化中心。

唯一的遺憾恐怕是文藝方面缺乏驕人的成就。在這方面，任何政府是無能爲力的。世界各大國文風鼎盛，創作人才卻非任何機構所能刻意培養，主要視個人能否善用自己的才能，在困苦的環境中努力掙扎，終於脫穎而出。香港最大的難關在學校、家庭和社會中市民通用粵語，而寫作時則使用以普通話爲基礎的白話文。此中矛盾所造成的語言文字混淆情況，明眼人都看得出來。少數人竭力設法跳出這圈子，自己出錢出力辦同人雜誌，其志可嘉，因爲否則永遠自困於方言文學的框框之內，可是環境不允許他們殺出一條路。《詩風》在辦了十二年之後免不了停刊的厄運；《素葉文學》據說也難以爲繼，令人惋惜。可是這一段時期，香港產生了一些優秀作家，鮮爲眾知，反而受到香港以外地區的注意。他們的作品爲外地所發現、重視，並加以出版發行。表面上，這似乎是極大的諷刺，但從另一角度看來，這至少證明：即使以粵語爲主，香港仍可產生優秀的寫作人才。那麼將來普通話通行之後，文壇沒有理由不欣欣向榮。

二

西西就是這樣的一位小說家。

她本名張彥，原籍廣東，生於上海，一九五〇年隨家人來香港定居。她在香港受中學教育，後入葛量洪師範學院接受師資訓練。畢業後任教小學，以迄於今。

西西在她的新短篇小說選集：《像我這樣的一個女子》（臺北洪範書店一九八四年出版）的代序（原作即《交河》中的「造房子」）中解釋：她的筆名和「密西西比河」、「陝西西安」、「西西里島」、「聖法蘭西斯」、「阿西西」等沒有關係，「西」不過是「一幅圖畫、一個象形文字」。她說得如此生動別致，捨不得不抄錄下來：

我小時候喜歡玩一種叫做「造房子」又名「跳飛機」的遊戲，拿一堆萬字夾纏作一團，拋到地面上畫好的一個個格子裏，然後跳跳跳，跳到格子裏，彎腰把萬字夾拾起來，跳跳跳，又回到所有的格子外面來。有時候，許多人一起輪流跳，那是一種熱鬧的遊戲；有時候，自己一個人跳，那是一種寂寞的遊戲。我在學校裏讀書的時候，常常在校園裏玩「跳飛機」；我在學校裏教書的時候，也常常和我的學生們一起在校園玩「跳飛機」，於是我就叫做西西了。

可是「西」和跳飛機有什麼關係呢？正如前文所說，原來：

「西」就是一個穿著裙子的女孩子兩隻腳站在地上的一個四方格子裏。如果把兩個西字放在一起，就變成電影菲林的兩格，成爲簡單的動畫，一個穿裙子的女孩子在地面上玩飛機遊戲，從第一個格子跳到第二個格子，跳跳，跳跳，跳格子。

從這一段自白式的解釋，我們可以看到西西人生態度的一斑：充滿了童心的喜悅，即使教書時也和學生一起玩跳飛機。同時我們不妨將這種遊戲加以引申，格子在某一意義上說來是形式，甚至是框框；西西卻沒有受束縛的感覺，反而自由地跳來跳去。奧登說過：「寫作一定要有形式，正如遊戲一定要有規則一樣，否則毫無趣味可言。」這句話可以借來解釋西西對寫作的態度。對她而言，寫作是一種遊戲，有規則但也有自由，高興時就玩，不高興時就停；可以一個人玩，也可以和很多人玩。玩的時候一本正經照規定玩，但不玩則已，玩起來就盡興，玩了大約二十年，既認眞又童心未泯，看上去她玩得如此興高采烈，且有一陣可玩，讀者也會繼續享受她遊戲的樂趣。儘管她說「爬格子」（寫作）比「跳格子」痛苦，看她寫出來的格子卻是快樂的。

一九六五年，西西在香港《中國學生週報》發表了第一篇短篇小說：〈瑪利亞〉，描寫一位派往剛果服務的法國修女，爲土著叛軍（自稱獅子）所俘，被押往魯蒙巴廣場。她在那裏見到了那天唯一生還的戰俘──來自法國南部年方二十的僱傭兵。他身體被綁，雙手銬在背後，唯一的要求就是喝一點水。一頭獅子故意用一壺水澆了他一臉，另一頭獅子禁不起瑪利亞央求，給了她一水囊，然而卻給第三頭獅子搶過去沖洗泥腳。瑪利亞明知這俘虜活不過晚上，設法爲他解開綁著身體的繩子，以便帶他蹣跚地走到小河邊，可是他彎不下身子去喝水。瑪利亞唯有用雙手掬起一些水，但還沒有到他脣邊就流盡了。第二次再迅速地掬起水送到他脣邊，就在這時，背後有人連放七槍，把他擊倒於他。他只知道瑪利亞的名字，來不及說自己的姓名就死了。

全文用的是瑪利亞的觀點，可是利用了收音機的廣播，瑪利亞的回憶，瑪利亞和青年戰俘的對白，戰場上的槍砲聲、飛機聲，獅子們的言行舉止，再加上括弧中的問句和口號（代表獅子、修女，甚至說故事者的心聲），使讀者必須聚精會神地細讀才能把這一切拼湊成一個完整的故事。這種敘述手法和我們平時看慣的平鋪直敘的短篇小說大異其趣，以致我初讀時受到相當大的震撼，不禁要問：《中國學生週報》主要是給學生讀的，執筆人大都是青年，怎麼會選擇這樣一個冷僻的題材？作者事先一定做了一番準備工夫，搜集經過各種媒介的報導；但原始的材料是粗糙的，如果作者缺乏想像力和直覺，不可能把這故事設計和營造得如此巧妙。從這篇小說可以看出作者吸收了電影和現代文學的技巧，並且在題材上選中一個只有戰地記者敢寫的故事，更可以看出作者在形式和題材上做了異常大膽的嘗試。

這篇處女作雖然初試啼聲，卻一鳴驚人，贏得了《中國學生週報》的徵文獎；但和她以後的許多作品一樣，僅獲得少數有心人的賞識，因爲自此以後她的文藝創作多半發表於友好合辦的《素葉文學》。這是一本不定期刊物，編輯、美工、印刷、發行、資金全由同人負責，結果是銷路欠佳，想購書的人不一定買得到，只有少數運氣好的知音人士才能讀到。她的作品以單行本問世也大多數交由素葉出版，計有：

(一)《我城》（長篇小說）（一九七九年初版）
(二)《交河》（小說、散文合集）（香港文學研究社一九八二年出版）
(三)《石磬》（詩）
(四)《哨鹿》（長篇小說）
(五)《春望》（短篇小說）（以上三種均於一九八三年出版）

《素葉文學》一連登載三篇何福仁和西西的對話，也可以說是訪問紀錄，使我們正面了解這位作家，然而她眞正的才能還是沒有爲廣大的讀者羣所知曉。其後一九八三年臺北《聯合報》文學副刊舉行徵文比賽，西西的〈像我這樣的一個女子〉榮獲特別推薦大獎。翌年，洪範書店將《春望》與《交河》二書中的小說結成一集出版，即採《像我這樣的一個女子》爲書名。香港中文大學翻譯研究中心的《譯叢》早已決定出版《當代中國文學》專號，選西西爲香港的短篇小說代表作家，同時譯載〈像我這樣的一個女子〉和〈十字勳章〉兩篇。因爲該期爲特大號，篇幅達四百頁，籌備編印耗時，出版時已在一九八四年下半年。出版後，書評、口碑和讀者來函都對西西的作品加以推崇，認爲夠得上國際水準。且待倫敦、紐約、香港各書評專刊進一步評論。

令我們慚愧的是，這位香港的優秀作家埋沒了近二十年，只爲少數讀者所知，大多數人恐怕連她的名字都沒聽見過（雖然西西也曾爲報紙寫專欄多年），反而要外地的報刊和讀者發掘出來，給予她早就應得的讚賞和鼓勵。甚至她的短篇小說結集在洪範書店出版後，至少到目前爲止，還沒有看到一篇分析她作品的論文。難道我們的作家眞要譯成英文，讓西洋評論家去「發現」嗎？

三

西西固然也寫詩和散文，但她的作品畢竟以小說爲主，我們應該選一些較有代表性的長篇和短篇小說來談談。

她的第一冊小說《我城》是長篇小說，以〈我的城市〉——香港爲題材，主要透過一個年輕、沒有受過什麼教育、樂觀、好奇的電話公司實習工人阿果的眼光來看這城市。阿果是如此之天眞，以致永遠只看到周圍世界美好可愛的一面。他學習修理電話，每天從馬路地下的洞中鑽出鑽進，非但不以爲苦，反而得到無限樂趣，因爲常在地下可以和總公司的修理部、附近的同事、用戶通話，得到莫大的滿足。他去檢查身體，由於從來沒有這種經驗，對認字體的方向、大小，醫生敲他的膝蓋查他的反射都莫名其妙，只覺得非常好玩。我認爲這一長段描述是我見到的中國小說中最令人忍不住發笑的一節。

她的短篇小說〈瑪利亞〉是從一位修女眼光中看到的殘酷戰爭中的恐怖行爲，可是因爲主角是修女，生和死在她看來另有其意義，所以觀察比較冷靜，聲調比較平和，一點沒有歇斯底里的心理狀態。另一篇〈十字勳章〉一開始是從一個駐港啹喀兵的孩子眼光中看出來的故事，口吻帶有英雄崇拜的味道，把男主角德罕看成舉世無雙的勇士。事實上，德罕的任務只不過在香港邊境地帶捉捕非法入境的偷渡者，其中且以婦孺居多。他還因此得到了十字勳章，而他的右臂也給一個女子的指甲抓傷了，「兩道血痕，剛好是一個十字。」啹喀兵是受過嚴格訓練，以驍勇著稱的戰士，只知奉令行事，卻專幹這種逮捕平民的差使，還因此獲得十字勳章，豈非人生的冷嘲？作者在故事的結尾再次指出這位英雄手臂上的傷痕也同十字一樣，眞是畫龍點睛的筆觸。

〈像我這樣的一個女子〉是一篇獨白，這女子正坐在咖啡室的一角，等待親密男友——夏的到來。因爲她對夏說她的職業是美容師，而星期日早上還得工作，由於好奇，夏多次要求看看她工作的地方，這次她不能再推搪了。她並沒有說謊，可是並不是在美容院替活人化妝的美容師，而是在殯儀館替死人化妝的美容師。她明明知道這是最後一次約會，等夏明白眞相之後，一定會「失聲大叫，掉頭拔腳而逃」，就像她怡芬姑母的男友一樣。這份職業是怡芬姑母傳授給她的，所以兩人的命運相同。平時她永遠穿白色的衣裳，戴白色的手套，面色樸素，因爲不願爲自己化妝。她身上一股特別的香水味道，是夏所喜歡的，只不過是附在她身上的防腐劑的氣味。她眼看著兩人的感情發展必然會走向不祥的結果，一路回憶、分析、解釋，終於達到這早已決定的結論。這篇小說的特點在主角的口吻，她說話時心平氣和，冷靜淡漠，似乎悟解一切早已命定，無可挽回。獨白中有如下的語句：

甚至那些碎裂得四分五散的部分，爆裂的頭顱，我已學會了把它們拼湊縫接起來，彷彿這不過是製作一件戲服。

我不對夏解釋我的工作並非是爲新娘添粧，其實也正是對他的一場考驗，我要觀察他看見我工作對象時的反應，如果他害怕，那麼他就是害怕了。如果他拔腳而逃，讓我告訴我那些沉睡的朋友：其實一切就從來沒有發生。

她的女友知道了她的職業之後，不再和她來往，因爲「害怕」。她姑母把男友帶到工作的地方去看時，他雖然起過誓，願意爲她做任何事，卻推門而逃，因爲「害怕」。怡芬姑母和她相信世界上總有眞正具備勇氣而不害怕的人，她的父親就是這樣一位美容師，而母親並不害怕。那麼夏不也可能是例外嗎？可是她心裏未始不清楚這只是非分的幻想，夏究竟是一個正常的男人：

她的雙手，觸及他的肌膚時，會不會令他想起，這竟是一雙長期輕撫死者的手呢？

一切都已經太遲了，她正在想起離開咖啡室的可能時，夏進來了，「把外面的陽光帶了進來」（「他像他的名字，永遠是夏天。」），發現她坐在幽黯的角落裏。他手中抱著一大束鮮花，說是送給她的。依照通常情理，鮮花爲男向女贈送示愛的標準禮物，而又暗示結婚時新娘手中的花束。可是她認爲這是不祥的預兆，儘管夏是那麼的快樂，她的心還是充滿憂傷，因爲——

他是不知道的，在我們這個行業之中，花朵，就是訣別的意思。

女主角的口吻是如此之自然，近乎輕描淡寫，沒有用一個煽情的字眼，卻使讀者讀後不由不產生寒颼颼的感覺。一位英語讀者說過，這是他所讀過最令人毛骨悚然（chilling）的作品之一，相信許多人也有同感。

另一篇以第一人稱的〈感冒〉也是講一個遲婚女子的愛情故事。主角是職業女性，年已三十二，離校後找到一份工作，做了七、八年，對平靜的生活很是滿足。可是父母急要她嫁出去，透過安排，終於無可奈何地和一個不太熟悉的男子訂了婚。訂了婚一年，時常一起聽音樂、打網球，等到不能再拖延，就定了日期結婚。可是從那時起她患上了「感冒」。這次她到家庭醫生那裏去，不是看病，而是送結婚請柬。

「我的感冒，是永遠也不會痊癒了。」

「其實感冒是無藥可治的。」

所謂感冒是心理病，同一個自己並不愛的男子訂了婚，甚至就快結婚，「感冒」之嚴重不言可喻。正在這時，她在社會福利署工作，有一天忽然遇見闊別八年的舊同學楚陪他的母親來領取高齡津貼。兩人一再約晤，用一句俗氣話，很快墜入了愛河。儘管楚表示願意為她犧牲一切，她還是認為已經太遲了。結果她拍結婚照的時候，連連打起噴嚏來。醫生嘆道：「啊呀，從來沒有見過一個患上這麼嚴重感冒的新娘。」婚後三個多月她才寫信把婚訊告訴楚。楚回信說：「一切都沒有改變。」丈夫同她貌合神離，家根本不像自己的歸宿。丈夫常約朋友來打牌，「他們是熱鬧的，那麼地興高采烈，從傍晚一直圍聚到深夜，而我坐在一邊，默默地編織一件永遠也不願意完成的毛衣，不時爲他們換一杯新鮮的熱茶。」丈夫終於驚覺她太靜寂了，特地陪她去聽音樂，根本不知道演奏的是什麼。她聽得心神俱醉的時候，丈夫頻頻打呵欠，好像「一塊沒有感覺、沒有反應的打呵欠的木頭」。

丈夫不喜歡游泳，還是陪了她和小弟一起到泳池去。她只好同小弟享受魚回到水中之樂。就在游泳時，她恍然大悟，從此脫胎換骨變成了一個新人。

但我並沒有枯死，如今我在水中游泳，有一種說不出的欣喜，……是那麼地自由自在、無拘無束。……我們一直朝海的遠方游出去，一直游出去，我們可以游得很遠很遠，然後我們游回來躺在沙灘上曬太陽，那是我一生中最快樂的日子。

在那次音樂會中場休息和散場時她又遇見了楚，並想起以前在一起時的談話，終於下了決心出走。下一次游泳的時候，丈夫卻在泳池旁埋首於報紙的財經消息中。他要同小弟去看運動鞋。

「你要走了嗎？」

他說。

「是的。我要走了。」

我說。

我的聲音變得清晰明朗，連我自己也感到奇怪，整個冬天，我的聲音一直沙啞，我的喉嚨粗糙，我的嗓子模糊不清，但我的聲音已經清亮，我的感冒，我的感冒已經痊癒了嗎？

她的感冒的確痊癒了，因爲她患的是心理病，等她忽然想通了，心境開朗，感冒隨之霍然而癒。然後她獨自回到家裏，不，丈夫的家裏，在這家中她空無一物，一切都屬於丈夫。她所有的只是從娘家帶來的一個旅行袋，裝著楚寫給她的許多許多的信。她挽著這旅行袋站在街上，不知何去何從，聽到一片歡呼聲，原來附近正在舉行一場足球賽。結尾時她自忖：

我有的是時間。……啊啊，讓我就這樣子，挽著我的一個胖胖的旅行袋，先去看一場足球再說。

表面上看來，這又是以第一人稱的已過摽梅之年的女子的愛情故事，結局當然與前一篇不同。在這故事裏，女主角儘管已經結了婚，但下了決心出去找尋自己的幸福，而〈像我這樣的一個女子〉中的主角，作者雖然沒有明白告訴我們，卻不得不屈服於命運擺佈之下。

兩篇故事最大的分別是表現手法。在〈像我這樣的一個女子〉中，西西創造了一種新穎的技巧。描寫人物心有所思時，往往將內心想法夾雜在正文裏。有時是倒敘，就借用回憶；有時是分析或猜測對方的心理，就借助於敘事的獨白。可是在〈感冒〉中，她大膽採用了把有名的詩句放在括弧裏作爲女主角的內心反應。例如送喜柬給醫生時，請他務必來參加婚禮。底下接著是：（關關雎鳩，在河之洲。）她之所以會訂婚，可能因爲父母忽然發覺她原來已經三十二歲了。再接下去是：（日月忽其不淹兮，春與秋其代序。）計前後引了二十次古典詩歌：三次楚辭，兩次唐詩，三次漢樂府，其餘都是《詩經》（她自己說過，最喜歡讀《詩經》），而且引得恰到好處，適足以表現女主角的心情。這些名句都是經典之作，一再引用，表示她受過高深教育，拋不開傳統的束縛。甚至第一次重見楚時，她的反應仍是引自《詩經》的「既見君子，云胡不喜」。可見她沒有勇氣解除婚約，和楚相好。一直要等到結婚後的第一個夏天，她第一次和小弟在泳池中游泳，她的肉體和心靈才得到解放。那時她的反應倏的由古典詩變成現代詩。「整個冬天，我沒有游泳過，整個冬天，我是那麼地疲乏，彷彿我竟是一條已經枯死的魚了。」底下的反應赫然是：（而無論早晚，你必得參與草之建設。）此後她一共引了十一句現代詩，全部採自瘂弦的作品。不用說，引得十分妥貼。最後她決定去看一場足球時，引用了瘂弦的「可曾瞧見陣雨打濕了樹葉與草麼，要作草與葉，或是作陣雨，隨你的意」。女主角改引現代白話詩，顯示她已從經典的桎梏中解放出來，從此不再囚禁於過去，而生活於今天。從此她找到了眞正的自我。我們可以想像她終於會和楚結合，可是事實上和楚結合與否已無關宏旨，因爲她懂得了如何做一個「清新愉快」的人。

這種表達方式是嶄新的，也是西西所獨創的，文學、音樂、電影等形式都沒有用過，因爲只能表達其意義，而不能同時表達其在謹嚴形式中內涵豐富的象徵。京戲或舞臺劇中的旁白或者可以傳達心中相反的想法，而詩歌形式背後的精神卻不可能同時表達出來。這是西西對小說技巧的特殊貢獻。也許這種手法只能偶一使用，在〈感冒〉這種特殊體裁中才發揮得淋漓盡致，其他題材的故事如果接二連三使用會變成濫用也未可知。

西西的短篇小說幾乎篇篇値得分析討論。她創造了一種「詠物體」的小說，並知道靈感是否來自中國舊詩中的詠物詩。例如〈抽屜〉就含有深意。作者發現買鞋時，鞋樣比腳重要；身分證比持有人重要，所以把身分證小心翼翼放在抽屜中，由此抽屜統治了她的生命。這不止是幽默或諷刺，還指出了人類爲自己製造種種限制，含有至理。在某一意義上，個人只不過是現代機械文明中的一個號碼而已。〈蘋果〉講的是肥土鎭舉行了「蘋果競賽」，有點像寓言，而採用童話的地方亦不少，有莊有諧，很多地方啓人深思。〈春望〉全部用對白，十分別致。人物性格、關係、故事，全在對白和說完話後的小動作表現出來。作者花了不少心思，描寫香港人家等候鄭州申請來港的親戚的心情。用到杜甫的名詩爲小說題目，感慨相當深，可惜這題材只限於香港的某一特殊階層，而且又全部用對白，很難爲外人所了解和欣賞。西西的小說大部分令人讀後有新的收穫，可也不是沒有例外。由於她替自己定下了人爲限制，有些題材不免失之冷僻，不容易爲讀者普遍接受。這一點我在下面會談到，並希望將來有機會詳細討論。

四

一位小說家的地位終究要根據他長篇小說方面的貢獻來評估。曼殊斐爾和莫泊桑的短篇小說出人頭地，但曼殊斐爾終生沒有寫過長篇，莫泊桑曾寫過五部長篇，其中一半或可傳世，卻難以和同時代的巴爾札克、司湯達、福樓拜等大家爭短長。五四以來，中國出現過不少優秀的短篇小說家；一到長篇，他們的作品就難以見到第一流說部的氣質和視野。這似乎是我們文藝界最弱的一環。

西西能否在這方面成爲例外，是一個有趣而値得探討的問題。《我城》有極精采的片段，除了前文提過的檢查身體之外，另一段講「即沖即喝」的流行小說，描述四個人在僅可容身的斗室中打麻將的情景，也是神來之筆。但是整部小說的結構不夠愼密，作者雖然說在報上連載時長達十六萬字，出單行本時刪掉十萬字，仍不免給人鬆懈的印象。讀來趣味盎然，卻沒有長篇小說的格局。

《哨鹿》是她的第二部長篇小說，雖也在報上連載，出單行本時並沒有刪節修改。相信作者有了經驗，而且內容一半圍繞著歷史上的事實，必須先做不少準備工夫搜集和整理資料，落筆時胸有成竹，因此整部小說具有謹嚴的結構，照顧到統一的人物性格和佈局。兩條平衡發展和糾纏的主線、象徵的使用、傳統和現代兩種敘事技巧的交錯運用，在在都顯示出作者的匠心。

《哨鹿》的結構猶如一首交響曲，共分四章：㈠秋獮（四十二頁）、㈡行營（四十七頁）、㈢塞宴（四十頁）、㈣木蘭（三十七頁），其長短比例和主要旋律的出現也與交響樂相彷彿。作者自認受電影的影響很大，但是從〈感冒〉的女主角對樂曲（貝多芬的「艾格蒙序曲」、莫札特的降B調鋼琴協奏曲和貝多芬的C小調第五交響曲）的投入和熱愛，可以推斷作者對古典音樂也具有頗深的認識。我們其實不必追究作者愛好古典音樂與否，只要把作品細加分析，看看以上的假設是否能成立就可以了。

整首樂曲有兩個主要旋律，一是乾隆的，明朗而響亮，所有樂器齊聲奏出，聽起來莊嚴華麗、氣象萬千，雖然偶有變調，其發展程序頗合正統古典音樂；另一是阿木泰的，柔和而單純，由音質較輕的樂器奏出，可是變調太多，不協和音屢次出現，兼且次序顛倒，聽上去較像現代音樂。聽眾耐心細聽，會發現兩個旋律此起彼落，此應彼和，隱約中相輔相成，到了最後互相交纏，融爲一體，回到主題（即獵鹿）上去，形成有力的結尾。

阿・赫胥黎（Aldous Huxley）在一九二六年發表了一部音樂式小說：*Point Counterpoint*（書名採自音樂名詞「對位法」，可譯爲《相反相生》較接近原作的用意），他借用了書中一位嘗試將詩與科學結合的小說家夸爾斯的筆記，說明自己寫小說的構想：

小說的音樂化，不是用象徵手法使意義附屬於聲音——而是大規模的，從結構方面著手。不妨默想貝多芬的音樂。心境的改換，突然的轉變。（例如在降B大調的絃樂四重奏中，莊嚴和戲謔交替出現。在升C小調四重奏的第二樂章中，喜劇忽然在嚴肅的悲劇中冒出頭來。）更有趣的是轉調，不僅從一個音調到另一個音調，而且從一種心境到另一種心境。先奏出主題，然後加以發展，推動，甚至扭曲。雖然還認得出原來的主題，在不知不覺中已變了面目，一直變到完全不同爲止。在變調中，這種手法還要邁進一步。……將這寫入一部小說中去。怎樣寫法？那些突然的轉變倒還容易，只要有足夠的人物和平行的、合乎對位法的結構就行。瓊斯謀殺妻子的時候，史密斯卻在公園裏推小兒車。你只要把這兩個主題交替運用。轉調比變調更有意思，也更困難。小說家只好重疊許多人物和場合來達到轉調，讓我們看幾個人墜入情網，或者面臨死亡，或者用不同的方法祈禱——不同的人解決同樣的問題。

阿・赫胥黎有這樣構想，可是他本人在這部小說中沒有做到，因爲人物太多，志在影射眞人眞事，違反自己所標榜的主張，以致線條紊亂，使讀者無所適從。《相反相生》是一個大膽的試驗，但沒有完全成功。西西的《哨鹿》卻無意間體現了阿・赫胥黎六十年前的主張，因爲這是一部相當音樂化的小說。例如第四章，在正式圍鹿的前夕，阿木泰望著星空，覺得自己是一顆漸漸消失的星；在同一深宵，乾隆仰望天際，見羣星閃爍，代表大清國運和天子福壽的紫微星特別明亮。這種對比暗中符合阿・赫胥黎建議的用不同的人在相同的場合作出不同的反應。

第一樂章「秋獮」：乾隆在圓明園的西洋樓出場亮相，選得很妥當。如果改爲天子坐朝，諸臣在底下三跪九叩首拜見，就顯得拘謹而沒有生氣了。乾隆雖然是皇帝，仍是活生生的，可以隨意自由想像，由水想到銅壺滴漏、想到建造「文源閣」；看進貢的白馬，想起大內珍藏的很多有關馬匹的名畫；最後聯想到「木蘭圍場、習武綏遠」——秋獮。此外有一長段描寫蒙古兩盟爲秋獮準備的清單。這些數字和以下類似的段落都是從會典等類書抄來的，近於枯燥的資料，可是沒有這些原始資料，皇帝的旋律，例如乾隆君臨天下的威嚴、儀式和慶典的秩序、長長名單的深深印象等等，就難以重複出現。接下去一長段描寫王阿貴種田，看到他美麗的妻子和初生嬰兒——一起始帶著田園風味，一個可愛的小家庭過著寧靜的農家生活。夫妻倆唯一的願望是積蓄足夠的錢去買一頭牛，所以孩子取名來牛。然後敘述中加插一段王阿貴的過去。他曾經隨父親狩獵，幼時父親教他如何吹木管，父親如何看見角鹿而不射，因爲鹿是「十分友善」的，並不是野獸。這裏和小說的書名《哨鹿》接上了榫，也就是整首樂曲的主題。接下去是官府的來臨、第一次登記、第二次把園地充公，王阿貴只好做散工，最後淪落到煤窯去挖煤，終於葬身窯中。這非但是變調，而且進一步轉調，產生了不協和音。照敘事的次序來說，這兩段是阿木泰旋律的第四和第五節，反而出現在前，違反了傳統小說的正常次序。

第二樂章「行營」：阿木泰旋律繼續出現，首先描寫阿木泰的母親阿依吉倫在熱河倚閭期待隨著皇帝打獵行列而來的阿木泰。阿木泰終於出現了，騎著馬，手裏握著鹿哨，馬匹上放著兩頂鹿頭帽子，這一切都是阿依吉倫親手做的，因爲她從小在馴鹿縱橫的森林區中長大。本段其實是阿木泰旋律的第七節。底下是倒敘的第六段（旋律第六節），阿木泰年幼時由母親教他吹鹿哨、戴鹿帽、學會使用弓箭和獵刀；他如何長大，終於會吹鹿哨誘鹿前來。這是故事的重點，也是第二旋律的正式奏出，因爲阿木泰已長大成人，有了哨鹿的本領，又扣上了主題。然後是阿木泰故事的倒敘，也是阿木泰旋律的轉調。第一段（阿木泰旋律的第一節）說明阿依吉倫是白依爾族人——一個游牧民族，以打獵捕魚爲生。她父親允承拉布堪依照氏族的規矩來相親。第二段（旋律第二節）說明阿依吉倫心中早有所屬，私下愛上了額木克。他夏末才到他們族裏來，住在牧圈的最後一個帳棚裏。她看見他箭法高明，在樺皮船上叉魚手法熟練準確。最使她心醉的是他的靜默和溫柔，一種非族中人，更非拉布堪，所具有的魅力，於是她贈他一個親繡的荷包——只能送給未婚夫的定情禮物。額木克完全不懂這含義，這時阿依吉倫才知道他並不是鄂倫春人，而是漢人。第三段（旋律第三節）說明阿依吉倫決心跟隨額木克。他原名王阿貴，而王阿貴也接受了她，爲她起名翠花。他們決定在大家圍著篝火舞蹈時乘樺皮船私奔。讀到此處，我們才明白，原來這裏出現的人物就是前一章出現過的王阿貴和翠花。原作分三個層次倒敘。音樂的樂章一改常規，顛倒次序，先出現旋律的轉調，再出現旋律本身和悅耳的變調（二人的愛情）倒也別致，頗合現代人的心態。

接著又回到乾隆的旋律上去：行獵隊伍（一連串數字）；朝會（一連串數字）；避暑山莊，和一開始的圓明園遙相呼應。同第一章一樣，本章穿插了不少乾隆的日常生活，如看奏章、幸臨文津閣和冥想，如：「治河易，治民易，治吏反而艱難」；翻閱《石頭記》；這些都是旋律中的變調。最後回到乾隆考慮八旗子弟、西洋人通商等頭痛問題作結。本樂章兩個主要旋律先後分明，變調使內容多采多姿，在阿木泰學會了吹烏力安，戴上了鹿帽時又接觸到主題，並和第一章的狩獵決定和本章的圍獵行列互相應和。

第三樂章「塞宴」：開始描寫木蘭圍場的地勢，就像電影中的全景鏡頭，建立故事發展地點所在，然後鏡頭推近，描寫乾隆居住的大營；接下去描寫行獵隊伍的排場。作者常把外界景致和乾隆內心的冥想間夾來寫，因爲乾隆以九五之尊，不便隨意與人交談。下面又是一個大場面：賜宴。乾隆大宴參加行獵的蒙古盟主和旗主，宴會的佈置、陳設、出席官員，另有馬術、馴服野馬、酒食、奏樂、摔跤相撲等節目。在這堂皇華麗、井然有序的旋律之後，自然而然接上了阿木泰的旋律。首先是倒敘阿木泰的童年，他知道自己小名「牛牛」，會說滿漢兩種語言，長大之後仗著蒙古旗人博爾濟特之力入了旗。博爾濟特有一個姪女，漢名翩兒，常到他們家裏來，隨他母親學刺繡。阿木泰認爲翩兒是一個好看的女孩子，對她未免有情。這一段隱然是前面王阿貴和阿依吉倫的戀愛的變調，溫婉而動聽。再接下去卻轉了調，阿木泰進京報到參加行獵隊伍，接受集訓，不過一路上總覺得有一雙奇異的眼睛在注視他。阿木泰結識了籐甲兵和健銳營的雲梯兵，看到各種部隊的操練，這調子和乾隆的旋律糾纏在一起。他又喜歡在鬧市中看雜耍：舉重、刀槍不入等，最佩服的卻是耍繩技的人。可是即使阿木泰在看雜耍，總有一雙特別的眼睛盯著他，使他想起幼年怕黑夜時母親唱的催眠曲：

你的眼睛
像井
很深很深

和翩兒的眼睛。

第四樂章「木蘭」：正如交響樂的結構一樣，這樂章是整首樂曲的結束，兩個旋律交纏在一起，產生了高潮，整個樂隊合奏出雄偉的快板和迴旋曲。剛開始時承接了前一樂章的「眼睛」變調（等於電影中黑暗裏一雙奇異眼睛的特寫），這次眼睛的主人同時出現了。他告訴阿木泰「他們」想圍獵一頭很大的鹿。從他口中，阿木泰才知道自己原姓名是王來牛；母親叫翠花，是鄂倫春人；父親叫王阿貴，是漢人。陌生人還告訴他，王阿貴沒有去打獵，而是死在倒塌下來的煤窯裏，所以他應該爲父報仇。害死他父親的就是那頭很大的鹿——皇帝，他還害死了很多漢人。阿木泰聽了大感困惑，這突如其來的揭示使他無從了解其中錯綜複雜的關係和問題，越想越糊塗。在阿木泰無以自解的變調上，音樂的旋律又回到乾隆的主調上，原來阿木泰沒有參加獵虎，卻看到了那頭雌虎和聽到了乾隆獵虎的經過。圍獵回來後，所有的兵士在比射箭、跳駱駝或徒手相撲，然後大家圍著一大鍋豬肉白菜粉條吃飯。晚上大家舉行祭祀和拜神，以便再度參加圍獵，但阿木泰已失去興趣，覺得自己變成了一塊石頭。幾天之間他一連發現許多奇異的眼睛，怎麼可能呢？到木蘭圍場來的兵士都是經過精選的親兵。晚上還燃放了煙火，眞好看，可是他隱隱知道他只會像煙花一般迅速地消逝。外面世界的光明燦爛和內心世界的陰暗哀愁，反覆出現，眞像「對立法」的相反相生。阿木泰問了許多自己無法解答的問題：皇上不是壞皇上，老百姓痛苦，已經痛苦了好久。如果皇上死了，漢人當了皇帝，自己卻是滿八旗的旗兵，漢人會放過他嗎？若是皇上死了，羅刹人會乘亂打過來嗎？到那時候，誰都沒有好日子過了。此刻忽有一雙奇異的眼睛閃進帳幕裏來。這人穿著滿族的官服，交給阿木泰一管烏力安，和他自己的烏力安做得一模一樣，不過分量較重。他教阿木泰如何使用，等到皇上射中鹿時，用手按烏力安的機關，就會有一枝毒針射進鹿的身體裏。這一段扣緊了獵鹿的主題，可是在樂調中透露了惡兆。阿木泰的旋律在這預感上暫告沉寂，而乾隆堂皇華麗、井然有序的旋律再度響起。然後是阿木泰第一次參加的圍獵，包圍圈由乾隆親自指揮，射中了一頭麋鹿。這等於是預告。同以前一樣，旋律再度轉調，由外界的大場面轉變爲乾隆內心的思緒。乾隆根本沒有入睡，天色漸白時，換上獵裝，帶隊出發去哨鹿。哨鹿的規模小得多，不比合圍出動數千兵士，只不過隨身帶著十數精選人員而已。阿木泰和乾隆的旋律纏繞在樂曲的主題上。阿木泰穿上鹿皮衣，戴著鹿角帽，除了用兩隻腳一步步地走路外，模樣活像一頭鹿。乾隆也準備好了，但臨時發覺忘記戴指環，幸而由身邊的侍衛和珅將自己的翡翠指環奉上。阿木泰吹起烏力安後，引來了一頭大公鹿，奔向出聲的方向去。乾隆立刻發箭，眼看射中倒了下去，可是鹿又跳起來奔跑，第二箭才把牠射倒。乾隆覺得遺憾，因爲平日一向只發一箭。然後當場喝了那頭鹿的鮮血，哨鹿於是告終。

由於作者採取的不是平鋪直敘寫法，尤其最後幾節，文字配合動作而跳動，讀者要細心閱讀才能看清楚脈絡。第一箭射中的是阿木泰，因爲乾隆手上的指環閃閃發光，分散了他的注意力，可能也使鹿知所趨避，第二箭才眞的射中公鹿。阿木泰既被射中於先，當然沒有機會按烏力安，何況即使有機會，他也會爲了顧念娘親和嗣兒而不按，只要看乾隆喝了鹿血沒有中毒就可以知道。

這種寫法很接近電影的跳接，但更接近音樂的相反相生——各種不同的樂器，時而此，時而彼，時而全體合奏，時而冷，時而熱，最後百川歸海。閱讀至此方始領略到交響樂收放開闔之妙。

整首交響曲的主題就是獵鹿。阿木泰是哨鹿的人，可是他本身等於一頭天眞無邪的小鹿，完全不懂得如何應付外間複雜的世界。他打扮得像鹿，善良得像鹿，最後像鹿一樣白送了命。乾隆也是一頭鹿（這句話由有奇異眼睛的人親口說出來），全然不知一做皇帝就會變成眾人都想射殺的鹿。難怪中國一向有「逐鹿中原」和「鹿死誰手」的爭天下的說法。

《哨鹿》有類似交響樂的優點，禁得起咀嚼，但它的成就不僅止於模仿交響曲的音樂性質，因爲本身符合當代小說把現實和幻想交織的寫作方法。乾隆這一條主線採自歷史，作者時常將史實和想像中的內心獨白夾雜敘述。阿木泰這一條主線純粹出自虛構，作者撇開傳統的敘事法，跳出時空的限制：人物性格、心理反應、時間次序、環境轉換……一憑己意經營，創造出一個幻想的世界（代表「虛」），到最後又和前面一條主線（代表「實」）一同緊扣在全書主題「獵鹿」的內涵上。從這一點看來，《哨鹿》的創作意念是可貴的，至於作品本身能否完全實現作者開創新局面的企圖，還有待時間的考驗。至少讀者不能用看小說的消遣心情來打發，要細心閱讀去體會其中音樂相反相生、敘事虛實交織的手法。

五

像西西這樣的一位小說家，恐怕只有在香港才會產生。香港沒有文壇的風氣，每人憑個人的愛好和努力默默追求創作上理想，無須擔心傳統和時尚所帶來的壓力。照西西自己說，給她影響最深的是童話、電影和歐洲、拉丁美洲作家的小說。安徒生和王爾德的童話她差不多都讀過，無怪從她作品中常可以看出她仍懷著「赤子之心」（不知是否和她長期任教小學有關？）有一時期她寫過影評，篤信「作者論」，遂將歐陸、日本、美國的大導演傑作大看特看。她的小說特別注重觀點（即電影中的攝影機）和跳動的寫法（即交叉剪接）不爲無因。

還有很重要的一點是，她生長於一個放任自由的社會，自有其本身的發展規律，因此她不必理會五四以來中國文學作品的主要潮流。她雖受過英語教育，但顯然沒有染上十九世紀初期浪漫主義和後期寫實主義的習氣。我們在她的作品中見不到無病呻吟和傷感，也找不到狄更斯和巴爾札克的影子。由於美國大量翻譯和發行現代拉丁美洲作家的作品，她自己不諱言受了秘魯作家巴爾加斯・略薩（Mario Vargas Llosa）和哥倫比亞作家加西亞・馬奎斯（Garcia Marquez）的影響。這兩人之外，阿根廷作家波赫士（Jorge Luis Borges）也可能帶給她不少啓示。《素葉文學》曾出過拉丁美洲作家專輯，其中有一長文介紹波赫士，不過主力在他的詩而不在他的小說。其實他的短篇小說眞正代表了現代人的探索、徬徨和失落，西西大概受到他某一程度的感染。可是這種作家和作家之間的關係是非常微妙的，存在於若隱若現的朦朧狀態中，恐怕作家自己也無從具體地說明。

這並不是說西西就此一下置身於世界文壇的最前線，她的寫作並不是橫的移植。我們很難想像〈感冒〉這篇小說用英文寫出來會產生同樣的效果。首先，女主角愛上了楚，立刻跟他出走了事，什麼「太遲不太遲」簡直迂腐得可笑。其次，女主角在括弧中所引的詩句很難用同樣恰當的英文詩句代替。誠然莎士比亞作品中不乏名句可代《詩經》，其餘的難道用斯賓塞、密爾頓、約翰．鄧？現代詩難道用艾略特或奧登？其效果可能變爲牽強滑稽，絕對沒有中文那麼渾成。至於《哨鹿》一小半是根據歷史記載衍化出來的，略似正史。西西所觸及的問題也是有史以來中國人最關心的問題，例如治與亂的緣由、統治者與老百姓的關係等等。她寫作的技巧當然與前人不同，但在心靈深處畢竟是中國作家。

西西和張愛玲、白先勇不同，她不是一位文體家。張愛玲的文筆俏麗，自成一格，素有「張愛玲筆觸」之稱。白先勇遣詞用字也極盡講究之能事，即使他有時如在〈玉卿嫂〉中採取容哥兒的觀點，但說故事的人的語氣還是白先勇所特有的。西西從來沒有「爲文字而文字」的傾向，據她自云，她的文字（形式）一向由故事（內容）和說故事的人（觀點）所決定，所以她對何福仁說：

寫小說，一是新內容，一是新手法，兩樣都沒有，我就不寫了。

她的原則是「量體裁衣」。同是長篇小說，《我城》和《哨鹿》的風格截然不同。〈像我這樣的一個女子〉和〈感冒〉都用第一人稱，〈像我這樣的一個女子〉的主角教育程度較低，說話比較嚕嗦，有時免不了重複；而〈感冒〉的主角則是高級知識分子，談吐文雅，理路清楚。兩篇小說觀點相同，敘事的手法並不近似，〈感冒〉需要讀者更多的耐性和注意力。我們甚至可以說西西在追求不同的風格中反而造成她自己的風格，而在慣讀張愛玲和白先勇作品的讀者看來，西西根本沒有風格可言。讀者對張愛玲的文字魅力可能一見鍾情，對她有些令人低徊的名句念念不忘。讀者對白先勇作品的音調鏗鏘、色彩絢麗，無不衷心喜愛，認爲適足以襯托他悲天憫人的胸懷。可是一位作家一旦成爲文體家，固然獲得了大批忠實的讀者，極容易成爲模仿的對象，但同時也背上了沉重的包袱。他們如果嘗試改寫與前不同風格的作品，讀者可能認爲才華已盡，批評家也會不以爲然。西西就沒有這種顧慮。她走的是一條新路線，自己既不會在題材和技巧上犯重，當然難以令人追隨。

正因爲西西故意避免內容和技巧上的重複，她的作品就缺少了統一的風格。甚至有時讀者不免爲她行文的西化傾向所困惑。例如〈感冒〉開始時，女主角去看醫生，連用兩次：「我點點我的頭」來表示她明瞭醫生的解釋。而下一次她感冒未痊到醫生家去，卻連用三次：「我點點頭」讀者看不出理由爲什麼第一次要增添「我的」兩字，而事實上「我點點頭」已足以達到目的。

在前一節，由「我的醫生從來不呼喚我的名字」起共六行、兩百零八字，計先後用「我」十六次、「他」九次，誦讀起來不免累贅。代名詞的用法是英文與中文之間主要共同點之一，有些地方不妨節儉一點，省用一些代名詞至少可以減輕讀者的負擔。我們並不要求西西成爲文體家，但希望她的文字能更簡潔有力。西西在題材和技巧上獨樹一幟已成定局，實不必再在行文方面走上西化的途徑。

我把這三位作家放在一起討論，因爲基本上他們都是小說家，雖然張愛玲寫散文，編過電影劇本，白先勇寫論文和雜文，近年還積極參加改編自己作品爲舞臺劇和電影劇本，西西也寫了相當數量的詩和散文。最重要的還是他們三人提供了中國小說的發展方向。張愛玲雖然採用基本寫法接近中國傳統小說的全知觀點，可是她吸收了心理分析和現代文學著重的反諷，是很明顯的。她作品的主要背景是舊日的上海。白先勇自幼沉醉於中國的說部，同張愛玲一樣，也是《紅樓夢》迷，可是由於他主修外文，寫作方法比較更注意觀點、意識流、象徵和反諷等的運用。他作品的主要背景是臺北。西西出生於中國大陸，可是對五四以來的作品似乎沒有縱的關係，她看書既多，興趣廣泛，汲取了現代文學最前衛作品、音樂、電影、繪畫的精華，在前述兩人之外另闢蹊徑。她作品的主要背景是香港。他們三人雖然反映不同的地區，卻都在繼續寫作，已經有了具體的成就，並可能產生更重要的作品。

說西西是典型香港作家，絲毫沒有地緣政治上的成見。爲什麼這樣說？因爲香港和西西有一點奇妙的巧合。香港的工業成品物美價廉，而在香港本地往往買不到，一來可能不少香港人迷信舶來的名牌，二來可能廠商遵守只供外銷的規定。所以香港居民到海外旅遊，有時購買一些當地的紀念品作爲「手信」分贈親友，卻發現上面寫著「香港製造」的字樣。不知道這算不算是反諷？同樣的，香港的特殊環境產生了像西西這樣的一位作家，而她在香港雖有少數知音，從沒有引起讀者熱烈的反應。現在臺灣的《聯合報》予以褒獎於先，《譯叢》把她的作品譯成英文隆重介紹於後，正是香港文化界給予她公平評價的時候了。

三思錄

杏帘在望

《紅樓夢》第十七回中，賈政偕寶玉和眾賓客遊覽尚未築成的大觀園，順便命寶玉試題各村館的對額。走到稻香村前，寶玉忍不住說，舊詩有云：「紅杏梢頭掛酒旗」，如今莫若「杏帘在望」四字。眾人都道：好個「在望」，又暗合杏花村意。按「紅杏梢頭掛酒旗」之句，見明唐寅〈題杏林春燕〉詩，「杏花村」則出杜牧〈清明〉詩：

借問酒家何處有
牧童遙指杏花村

《復齋漫錄》引宋謝無逸〈江城子〉詞云：

杏花村館酒旗風

將「杏花村」與「酒旗」並用在一句中，比唐寅還早。至於酒肆揭帘的風俗由來已久，見《韓非子》：

宋人有酤酒者，斗槩甚平，過客甚謹，為酒甚美，懸幟甚高，而酒不售，遂至於酸。

這等於開了第一流的飯店，招牌鮮明，裝修別致，菜式精美，卻沒有客人光顧，像萬丈紅塵中的幽蘭。世間事有時是不可以常理論的。

畫裏眞僞

畫究竟要不要似眞，是一個令人困惑的問題。我們見到江山登臨之美，泉石賞玩之勝，常讚之曰「如畫」。看到絕妙的丹青，激賞之餘，卻又以「逼眞」目之。杜甫深明此理，故有句云：

人間又見真乘黃
憑軒忽若無丹青
悄然坐我天姥下
直訝杉松冷
兼疑菱荇香

可是眞正所謂神品的眞跡，我們往往徒聞其名，緣慳一面。幸而近代有了分色製版的複製品和博物館的公開展覽，都是大快人心的事。

古人就沒有這種福氣，他們連望梅止渴都辦不到，唯有求諸夢寐中。周亮工《櫟下老人筆記》有條云：

> 古圖既不可見，尚有散見其名目於載籍中者：如……周昉「楊妃架雪衣女亂雙陸圖」……宋人……王士先「綠珠墜樓圖」……李伯時「嫁小喬圖」……周通「李陵送蘇武圖」「美人卻扇圖」，張萱「虢國夫人夜遊圖」。按其名目，而恍惚若見於目中，使人飛動不能自已，況覩其眞蹟乎？董華亮常言：名畫不必驟見，夢見三四度而後見之，始佳。予謂更不得見，亦正佳。

話說得非常婉轉。我們眞可以根據畫名而任由想像馳騁。說「不見」尤勝「夢見」、「驟見」，可以看出此老眞乃此道中十段高手。《紅樓夢》第五回裏，賈寶玉在秦可卿閨房午睡，牆上懸著一幅唐寅的「海棠春睡圖」。有人考據說不見畫史中提到唐寅有此畫，可能出自曹雪芹杜撰云云。按室中另懸秦太虛學士的對聯：

嫩寒鎖夢因春冷

芳氣襲人是酒香

也未見於他的《淮海集》。和這種刻舟求劍的人論眞僞，不弄翻了船才怪！

噴嚏

我自幼聽見一種說法，「打噴嚏時，一定有人在惦記你。」按《詩經．終風》一詩有句：

寤言不寐
願言則嚏

《鄭箋》云：

我則嚏也。今俗人嚏，云「人道我」，此古之遺語也。

由此看來，這種想法古已有之。《容齋隨筆》即有這樣一條

今人噴嚏不止者，必噀唾祝云：「有人說我」，婦人尤甚。

近年盛行空氣調節，夜間睡冷氣房，早起去飯廳吃早餐，常會連打噴嚏不止。想想亦復可笑：天下哪裏來這麼多人惦記我？

塌鼻與朝天鼻

《澠水燕談錄》有「鼻孔子塌」一條，匪夷所思：

貢父晚年鼻已斷爛，日憂死亡，客戲之曰：「顏淵、子路，微服同出市中，逢孔子，惶怖求避。忽見一塔，相與匿于塔後。孔子既過，顏淵曰：『此何塔也？』由曰：『此避孔子塔也。』」

大家都知道鼻在人臉正中，乃呼吸器官，如果停止運用，人必缺氧而死，其功用遠在裝飾門面之上。

《艾子雜說》另有一條，略云：艾子的鄰局有二鄙夫，不知從何處聽來食肉可以增長智慧，於是大啖肉類，不久後自負為「心識明達，觸事有智，不徒有智，又能窮理」。其中一人說：「吾見人鼻竅向下甚利，若向上豈不為天雨注之乎？」遂自命精通格物致知之學。二人大概沒有聽過「肉食者鄙」這句話。按法國成語謂鼻孔向天者為「雨注鼻」（Le nez dans lequel il pleut），思路倒相近。

天下第一城

一般人以為中國首富之區是揚州，這印象是明清之際建立起來的。該時揚州鹽商富甲全國，供養「揚州八怪」等人以附庸風雅。殊不知揚州之盛始於唐朝，《容齋隨筆》指出當年揚州商賈如織，故俗諺有「揚一益二」之稱，謂天下之盛以揚州為首，蜀次之。《隨筆》並引下列唐代詩人名句以證此說：

杜牧　春風十里珠簾

張祜　人生只合揚州死
禪智山光好墓田

王建　夜市千燈照碧雲
高樓紅袖客紛紛
如今不似時平日
猶自笙歌徹曉聞

徐凝　天下三分明月夜
二分無賴是揚州

這樣看來，隋煬帝闢運河，固不止爲了滿足南下觀賞瓊花的慾望，實際上打通了南北交通和貿易的管道，功莫大焉。《隨筆》的作者洪邁是南宋人，文中嘆息揚州於五代時兩毀於戰火，所以「本朝承平百七十年，尚不能及唐之什一，今日眞可酸鼻也！」明清兩朝，揚州成爲貿易中心，富庶繁華，城開不夜，因此文風鼎盛，奇才異人輩出。可惜民國以後，南北交通要道移至京滬直達通車，而揚州重要性頓失，風光不再。時至今日，連名聞遐邇的川揚菜，四川都排名在先，揚反而屈居蜀後。

殺風景

《苕溪漁隱叢話》有「殺風景」條，列舉：

清泉濯足
花上曬褌
背山起樓
燒琴煮鶴
對花啜茶
松下喝道

都是具體的例子，只要有點想像力便可追究出「命案」的線索。例如「松下」本是清幽之地，適宜高人雅士清談，卻來了七品小官，帶著隨從吆喝「肅靜迴避」，說不殺風景（譯林高手霍克思直譯爲「kill view」，痛快之至），不可得也。

《碧溪詩話》另添兩條：

郊外呵喝

月下獨籠

「郊外呵喝」與「松下喝道」有異曲同工之妙。

得意與失意

人生得意事之一是利用良辰來享受美景，流傳中最型典的例子爲：

久旱逢甘雨

他鄉遇故知

洞房花燭夜

金榜掛名時

一旦遭逢失意，那就大殺風景了。不信且看有人針對前詩而作的反面文章：

寡婦攜兒泣
將軍被敵擒
失恩宮女面
下第舉人心

熔倒楣、落魄、淒慘於一爐，豈不等於將風景「斬首示眾」？

得意變失意

洞房花燭夜
金榜掛名時

的確寫出大丈夫得意之秋的情景，上聯「洞房花燭」，一生不過一次，狀其鮮；下聯「金榜掛名」，屢經淘汰之後幾萬人中不過一人，道其難。可是《棗林雜俎》有一條卻開了個大玩笑：

平湖某，輸粟納監，且買（按：這表示他這官非正途出身而是出錢捐來的；妻子非明媒正娶，也是出錢買來的）。或戲之曰：

偏房花燭夜
銀榜掛名時

改「洞」爲「偏」，改「金」爲「銀」，可謂一字褒貶，盡得風流。

美變醜

有位太太看到鄰家夫婦感情甚篤，丈夫回家，見妻子在竈間吹火，就作詩贈之：

吹火朱唇動
添薪玉腕斜
遙看煙裏面
大似霧中花

分明是日常的家庭操作，卻寫得雅致脫俗。於是等自己丈夫回來，撒嬌道：「你看人家多麼恩愛，太太吹火，先生立刻作詩讚美。你爲什麼不學他？」丈夫問她是怎麼樣一首詩，聽後笑說：「有何難哉？你照吹，我照寫就是。」妻子大喜，忙學鄰婦吹火，丈夫遂作一詩曰：

吹火青唇動
添薪黑腕斜
遙看煙裏面
恰似鳩槃茶

本來是尋常家務，故意寫成雅事，有矯情之嫌；及至寫實成功，而風景死矣。此條見《太平廣記》。

眞正殺風景事

這些還不算大殺風景，因爲是從書上看來，或是從友人處聽來的。眞正殺風景的事必須身歷其境方能深切體會其滋味。筆者幾個月前有機會看《莫札特傳》，特地選了上映多天後非週末的正午場，買後座一角的票，圖個清靜。誰知正片剛開始，前面座位來了一對情侶，「煙韌」得可以，男友殷勤大聲替甜心「解畫」，舉凡英文對白（儘管已有中文字幕）、演員身分、樂曲名稱都即時傳譯出來，再加上自己的議論，軋軋軋如機關槍掃射不停。女友則依偎在他懷中，聽得津津有味。至此我恍然大悟，編導白費心思，想證明殺死莫札特的凶手是薩利埃里——他們錯了，謀殺莫札特的眞凶就坐在我前面！

土饅頭

宋范成大有兩句極出名的詩：

縱有千年鐵門檻
終須一個土饅頭

家傳戶曉的原因是《紅樓夢》中妙玉大爲讚賞，並親加品評。

古人中自漢、晉、五代、唐、宋以來，皆無好詩，只有兩句好：「縱有千年鐵門檻，終須一個土饅頭。」所以她自稱「檻外之人」。

其實范詩源自初唐詩僧王梵志的兩首詩：

（一）

世無百年人
強作千年調
打鐵作門限
鬼見拍手笑

（二）

城外土饅頭
餡食在城裏
一人吃一個
莫嫌沒滋味

後人又根據范和王詩另作兩句：

城外多少土饅頭
城中盡是饅頭餡

世情是看透了，其奈殺風景何！不知櫳翠庵中帶髮修行的檻外人有沒有想到她自己和大觀園的檻內人一律是饅頭餡？

檻外梅

我曾寫〈梅花三弄〉，摘錄了不少詠梅名句。友人知道我的癖好者看到詠梅的佳句偶或抄錄轉告，幾年下來已積聚成帙。我比較喜歡的是「別才體」，其中有陳簡齋的〈墨梅〉絕句：

粲粲江南萬玉妃
別來幾度見春歸
相逢京洛渾依舊
只恨緇塵染素衣

墨梅當然指的是畫，末句本自六朝謝元暉詩：「誰能久京洛，緇塵染素衣」，妙在融化得自然不露痕跡。另一首顧竹坡〈詠綠梅〉有一聯：

窺春自怯荷花薄
倚竹誰憐翠袖寒

綠梅是異種，詩也出奇制勝。梅花是騷人墨客的吟詠對象，但照樣有俗人來攪局。〈梅花觀〉題壁詩有云：

紅帽哼兮黑帽哈
風流太守看梅花
梅花忽地開言道
小的梅花接老爺

看後我不想再談梅花了。

大時了了的音樂神童

聽說大提琴家馬友友在孩童時期曾拜謁過當代大提琴聖手卡薩爾斯（Pablo Casals），他看見馬一臉天眞的樣子，就加以指責：「你這孩子到我這裏來做什麼?現在正是你在戶外遊戲奔跑的時候!不要在這裏浪費大好光陰。」他當然聽了馬友友的演奏，認爲確是奇才，可惜自己老邁，不能親加教導爲憾。後來有機會在臺下聽到馬友友公開演奏，還親至後臺致賀。

另一感人的場面是，小提琴神童梅紐因在享盛名後，不足十三歲時去柏林演出，由伐爾特（Bruno Walter）指揮柏林交響樂團伴奏，節目包括巴哈、貝多芬和布拉姆斯的作品。聽眾席上冠蓋雲集，其中有愛因斯坦（他也會奏小提琴）。演奏完畢後，「相對論之父」情不自禁地走到臺上，摟抱著梅紐因說一句遠超過天文數字的誇張話：「現在我眞的知道天上有上帝了!」

絕藝之累

後世但知王羲之爲翰墨的頂尖人物，稱他爲書聖而不名。《晉書》中本贊由唐太宗親撰，專頌其研精篆素，致有「心慕手追」之語，可是無一字論及他生平和爲人，可見一藝之工反而成爲一生之累。王羲之的見識精深，考慮周詳，而高風亮節，胸襟廓大，足爲六朝風流人物的典範。東晉時，殷淵源輔政，勸他出仕，他這樣回答：

吾素自無廊廟，王丞相欲內吾，誓不許之，手跡猶存，由來尚矣，不於足下參政而方進退。自兒娶女嫁，便懷尚子平之志，數與親知言之，非一日也。

推辭如此得體，婉約而不失身分，也沒有開罪對方。這不過是應酬話，還看不出他識見的閎卓。後殷侯北伐，他認爲必敗，寫信勸止，殷侯不聽，果然失敗，復圖再舉，他又致函會稽王論當時局勢：

今雖有可欣之會，內求諸己，而所憂乃重於所欣，以區區吳、越，經緯天下十分之九，不亡何待！願令諸軍皆還保淮，須根立勢舉，謀之未晚。

其見解豈在諸葛亮之下！這樣透闢的識慮竟爲書聖之名掩蓋無光，可見知人論世之難。

顏眞卿就不同了，有「二王」珠玉在前，他雖擅長正草，難以後來居上。但他爲人剛正不阿，唐肅宗時，李希烈作亂，他奉命往諭，希烈威迫他投降，因不屈而遇害，天下尊稱爲「顏魯公」。臨汝石刻有他的一帖：

政可守不可不守，吾去歲中言事得罪，又不能逆道苟時，爲千古罪人也，雖貶居遠方，終身不恥。汝曹當須謂吾之志不可不守也。

這大概是獨往謫放之地，寫給子孫看的，今日讀來猶凜凜令人畏仰，千載之下，他的高義薄雲當與他的書法同列不朽。

羅賽蒂（十九世紀英國先拉飛爾派詩人）詩畫雙絕，可以和王維媲美，可惜王維的畫不傳。眞正在文藝方面的全能冠軍是蘇東坡：詩、詞、文、書、畫，無一不精，畫雖不傳，並不影響他的領導地位。唯一可以勝過他的是文藝復興時代的達文西。一般人只知道他是「最後的晚餐」和「蒙娜麗莎」等名畫的作者，自從他的兩厚冊筆記出版之後，才曉得他是人類有史以來的全能奇才：科學、宇宙學、天文學、光學、解剖學、水利學、機械工程學、航空力學、軍事學、音樂、詩歌、繪畫、雕刻、建築等科技、藝術項項精通。他代表了文藝復興時代追求「太陽底下事物無所不知」的精神。他的兩幅傑作太出名了，使人只記得他是無古無今的大畫家，忽略了他全面的成就。

諸葛亮的苦心

上文提到諸葛亮的軍事見解。其實，他不一定是第一流的軍略家。自古至今一直有兩派人，一派認爲他非軍事家，屢失戎機，不善應變；另一派則力主他用兵謹慎，唯格於形勢，不敢輕進以攻務求自保的魏相司馬，古代的管晏也不過如此。這都是書生紙上談兵，不在其位，最好不謀其政，對當時客觀情況沒有深刻的理解，還是少說爲上。

在基本上，諸葛亮是個法家，而且躬親力行。《三國演義》和京戲把他扮成羽扇綸巾的軍師，集水滸中的吳用和公孫勝於一身，造成錯覺。「羽扇綸巾」是蘇東坡在〈念奴嬌．赤壁懷古〉用以描寫周瑜的形象，因爲他是風流儒將，與諸葛亮不相干。《三國志．蜀書．諸葛亮傳》

最後的評語曰：

諸葛亮之爲相國也，撫百姓，示儀軌，約官職，從權制，開誠心，布公道；盡忠益時者雖讎必賞，犯法怠慢者雖親必罰，服罪輸情者雖重必釋，游辭巧飾者雖輕必戮；善無微而不賞，惡無纖而不貶；庶事精練，物理其本，循名責實，虛僞不齒；終於邦域之內，咸畏而愛之，刑政雖峻而無怨者，以其用心平而勸戒明也。可謂議治之良才，管、蕭之亞匹矣。

好一個——

盡忠益時者雖讎必賞，
犯法怠慢者雖親必罰。

任何人若能徹底執行這眞正代表法治精神的原則，修身齊家，甚至治國平天下都可以實現。

讀書慌

近幾年來，深感馬齒日增而讀書時間越來越少，有時不免心慌。天下好書如此之多，說新書吧，連看各權威報刊的書評都來不及；說舊書吧，古今中外的經典之作汗牛充棟，顧此失彼，四、五十年前讀的書到了今天已經淡出。重新再讀托爾斯泰、杜思妥也夫斯基已提不起勁，想想還不如讀南美洲的新進小說家。取捨之間煞是爲難。而且讀書不是吃快餐，非細細咀嚼不可。張船山有句云：

書奧經年讀

一點也不錯。但丁、莎翁、歌德、杜甫、周邦彥等作品，任誰也不應一目十行，不求甚解。元遺山與友人論文詩中說過：

文須字字作
亦要字字讀

操之過急，反而得不償失。古人云：

我偶一展卷，頗似穿窬入金谷，珍寶林立，眩奪目精，時既無多，力復有限，不知當取何物，而雞聲已唱矣。

已先我說出此時的心情。

以後的日子唯有先從自己手中的書開始，每天規定讀幾小時好書，餘下的時間不妨看看暢銷書和電視的肥皂劇以資調劑。每多讀一本好書，應視作發一筆小橫財，天下豈有比這更便宜的事？

書能傳子孫乎？

司馬溫公云：

積金以遺子孫，子孫未必能守；積書以遺子孫，子孫未必能讀；不如積陰德冥冥之中，以為子孫長久之計。

這句話值得愛書者再三思考。四、五十年前常見百萬富翁認為家財幾世都用不盡，最好的辦法就是讓子弟吸鴉片，喪其心志，從朝到晚橫在煙榻上與阿芙蓉為伍，根本沒有精力去狂嫖濫賭，那麼財產便可保牢了。殊不知金錢之為物很容易外流，猶水之向東，不懂得應付通貨膨脹以保值，靠房地產收租過神仙日子的人在抗戰勝利之後，都難以保持原有身家，只有眼睜睜看著金山銀海陰乾。

積書的目的如果在保存家財，那就大可不必。別說戰亂時期，就是太平盛世，在舊書店裏常可以看到上有某人鈐印的善本書，而古董字畫也常給不肖子孫賤賣以作呼盧喝雉之資。若是積書的目的在傳給子孫讀，那更是書生井蛙之見。自己喜歡的書，子孫未必喜歡，事業和興趣因人而異，怎可以一心期望子孫因襲個人的偏嗜？

至於爲子孫積陰德以作長久之計，也近乎不合實際的功利主義。王熙鳳在鐵檻寺收受老尼的賄賂說：「我是從來不信什麼是陰司地獄報應的。」固然在否定惡有惡報的想法；但做了好事就希望閻羅王功過簿上添寫行善條款，日後子孫會有好報，等於在將本求利，而做生意誰能保證有賺無蝕？這事大可分從兩方面說，一方面是兒孫自有兒孫福，爲人父母者不必，也無從爲身後事操心，因爲根本不及親見。另一方面，日行一善自有其醫療的作用，至少可以求心之所安。最重要的還是記得助人就是自助。「苟全性命，不求聞達」之外，復能爲親朋盡一分心力——哪怕只說一句中肯的話，或寫一封勸憂的信，又何樂不爲？

——一九八六年

秀才人情
——介紹《四海集》

我生平有一個癖好，就是愛才如命，幸虧愛好的是無貝之才，否則就成了市井小人了。相識者有一技之長，更不用說有奇才異能，總悉心結納，結果往往從神交，成爲文字之交，終於成爲莫逆於心的知交。身逢離亂之世，大家具有共同的志趣，即使遠在天涯，多年未見，仍舊可以情意互通，相濡以沫。《四海集》一書就是在這種背景之下產生的。

我應承編輯「皇冠海外學人叢書」之後，即修函向夏志清徵稿，但他公私兩忙，自己的一冊《中國古典小說》譯稿校樣還擱置案頭，始終抽不出時間校閱，實在無暇執筆。我既不欲強人所難，唯有另謀良策。記得年前曾向他情商，將一篇英文論文：〈玉梨魂新論〉交由柳存仁客座主編的《譯叢》「通俗文學」專號發表，大獲好評。於是靈機一動，勸他請人代譯爲中文以饗讀者。他慨然首肯，並邀得歐陽子擔任這項工作。譯出後共長三萬餘字，我雖然細讀過他的英文力作數遍，可是它討論的原著畢竟是民初小說，如今還了原，再讀之下另有一種親切感，非常過癮。

我想最好的辦法，不如借用武俠小說中常見的術語作譬喻來闡釋《四海集》中各文作者的風格。

夏志清好像是名門正派（少林派）的老一輩高手。他自幼心無旁騖、按部就班地勤修本門的內外功，從無間斷。由於他的天資和努力，達摩祖師的易筋經爲他打好堅固的基礎，再加前輩在旁指點，他的外功也實而不華。明明是簡單的招數，到了他出手時，聲勢逼人，自有一股沛然莫禦的威力。難得的是他能持之以恆，長期浸淫於本門武功之中，儼然爲少林一脈的傳人，而且功力雖然高深，對方外之交的同道和慕名求教的後輩，輒不惜惠然相助，予以指撥。功夫到家之後，發招用力得心應手，如心之使臂、臂之使手、手之使指，意念所及，對方的要害一點即中。讀者大可以從他的論文恍悟原來《玉梨魂》是民國白話小說之前的言情鉅鑄，但徐枕亞其餘作品的弱點卻逃不過他銳利的慧眼。

相形之下，我的武功就駁雜不純。一半由於天性佻脫，一半由於環境使我不能專心習藝，必須另就他業餬口，荒廢了大好光陰，內功沒有修好，又不肯循序漸進，對各門各派武功不免吐絲自縛。基本拳術沒有練熟，刀劍之外復喜旁門兵器，與武學毫不相干的琴、棋、書、畫也令我著迷，難免分神。所幸略具自知知人之明，能辨正邪好歹之分，尚不致走火入魔而不自覺。近年來深深體會到武學之道博大精深，自己習武目的不過在強身養性，遂選一兩門性近的武藝練習，自娛娛人，從未以高手自居，在招數上亦不求討俏，但求無過而已。我的〈曲高和眾〉一文，就是多年前翻譯過瓦歐的《興仁嶺重臨記》一章而因此熟讀原作，和不久前有機會看到根據該書改編的電視片集後寫的。要不是喜愛翻譯，參加過電影工作，閒常又留心有關這方面的資料，恐怕不可能寫出來。文章談不到有什麼特別學術價值，可是如非平日涉獵雜學，對這部小說和電視片集的來龍去脈無從加以翔實報導。這或許僅爲自解之詞，但至少原著是現代西方愛情小說的代表作之一，可以用來和《玉梨魂》對比，互相襯托。

余光中走的是另一條路線。他受過基本的學術訓練，可是生來具有豐富的詩人氣質和才華，不甘自限爲專家學者，早年就在詩壇上嶄露頭角，一直追尋新的題材和表現方法，終於成爲現代詩壇祭酒。他自云「右手寫詩，左手寫散文」。大家公認他的貢獻在不斷恢拓詩的領域，擴展了傳統上不入詩的境界，化議論、歷史、時事等爲詩；散文也另創一格，猶如「夏雲多奇峰」，不論遣詞用字、文句結構、節奏氣韻，都極跳盪突兀之能事，充溢著詩的意境。他在這兩方面的成就，人所共曉，但這並不是說他不擅長寫嚴肅的批評文章和學術論文。例如〈龔自珍與雪萊〉一文，長達五萬餘字，見解精闢，確是淵深之作。他根據當時「二人同生於一七九二年」的世界大局、中英的國勢和關係、兩詩人的生平際遇，剖析他們作品的異同和得失。他無意炫弄自己的學識，避免使用文學批評的術語，憑著詩人的天生敏感，往往見人之所未見，因此也道人之所未道。即如他把雪萊的詩劇《希臘》序中的一段譯成文言，並指出雪萊的筆法頗有《戰國策》的風格，尤見眼靈手巧。整篇文章議論用原作爲依據，評析和引文分配恰到好處，娓娓道來，像情文並茂的演說。主要原因是他的創作經驗提高了他在這方面洞察鑑微的能力。

用武術的譬喻來說，余光中並不是沒有內外功的根柢，但他耽於兵器，尤其兵器之王的劍和刀，致力於這兩種武藝招數上的突破，因此不願自囿於正派的規矩方圓之內。經過多年潛心鑽研，他汲取了各門各派的精髓，自創右手使劍（詩）和左手使刀（散文）相輔相成的方式。劍招有時像刀法，而刀法有時亦含劍意，似眞而幻、似幻卻眞。他雖然沒有破門而出，卻隱然自創新的流派，且看模仿他作風的人源源不絕就知道此中消息。他本身是使用刀劍的能手，對別人的招數有何破綻，一窺便透，從不爲派系之名所瞞過。他創作力正旺盛，而武學之道無止境，將來是否可以成爲一派的掌門人，只等時間的考驗和證明。

黃國彬走的路線和余光中接近，他受過正規的學術訓練，興趣重點也在詩和散文的寫作，而且一度有意師事余光中，可是兩人相同之處盡於此矣。黃國彬從小就蓄志成爲詩人，一切都是爲這崇高的理想做準備工夫。他鑑於傳統詩人每傾向於多愁多病，天才詩人如李賀和濟慈即不幸早逝未盡抱負，所以一向注重鍛鍊體格，求學時期是運動健將，高大的身軀配上了堅實的胸脯，目的不在成爲體育明星，而是希望終生精力充沛，創作靈感隨之豐富。他憑著稟賦——尤其靈敏的耳朵，利用現代的新學習方法，掌握了多種外文，至少能讀、聽和講英、法、德、義四種語言，目的不在成爲外交官員，而是能直接閱讀欣賞各國大詩人——如但丁、莎翁、歌德等——的原文全集；一面還自修苦讀中國古典詩和大詩人的全集：詩經、楚辭、文選、陶、謝、李、杜、蘇等，其他選集和有地位的現代詩人當然也在瀏覽範圍之內。此外，他信奉讀萬卷書不如行萬里路的說法，曾遍遊名山大川，步行觀察古詩人的吟詠履跡所至。未逮不惑之年，詩作、散文和詩論已積卷成帙，是我生平僅見立志、刻意、一往直前以寫詩爲人生最終目標的人。他這篇《千瓣玫瑰》長達六萬字，副標題是「中外情詩漫談」。愛情是詩中最常見的主題，而他將這廣泛的題目條分縷析爲九章，內容方面古今中外無所不包，可以自引文看出來：從詩經、漢魏六朝一路到白話詩，從希臘詩人、但丁、莎翁一路到龐德和康明斯等等。讀者或許覺得他引詩太多，評論不足，不過在有限的篇幅中，把分門別類的工夫做好，將西方詩篇精心譯成極相稱的中文詩（康明斯的一首含蓄的挑逗詩譯得尤其出色），分量已足，如再延伸，這篇文章會成爲一冊專著。至於他將來的成就如何，目前尚言之過早，出人頭地是可以預卜的。我們如寄託更大的期望，那就要看國家的氣運和個人的造化了。

他既和余光中一樣，對劍術入迷，日後也必會走上劍客之途。他向學之心極切，一方面利用藥酒浸洗全身使筋骨更健，另一方面復潛心研讀祕笈劍譜，利用別人的心得來增進自己的功力，同時爲人謙沖誠懇，僅知埋首苦練，從未想到爲自己揚名立萬。有朝一日他對武學的苦心或會爲中國功夫放一異彩。

夏志清、余光中和黃國彬等於出身三甲，可是際遇各自不同。夏志清官拜尚書，在翰林院行走，故交門生多屬金馬玉堂人物，寫作者常以經他品題爲榮。余光中則外放爲地方首長，所轄地區人文薈萃，傑出文士奉他爲韓荊州。他從未以父母官自命，常與同好往來唱和，宦途所經之處建立起蓬勃的文風，將來開創詩文的新流派爲意中事。黃國彬也外放爲名郡的太守，是一個愛民如子的地方官，公餘沉酣經史，刺股夜讀，一旦火候到了，料想也會像余光中那樣成一家言。至於我呢，不過是白衣秀士，數充幕僚，雖擔任過一陣專職，現已退隱於鬧中取靜的市區，置身當代文藝主流之外。好在我並不是《水滸傳》中的王倫，和舊日相識的豪俠之士仍能時通音訊，從逍遙林下的平淡生活反得到莫大的樂趣。尤其因爲有了閒暇，可以從事筆耕，以遣此有涯之生，而《四海集》就是我和三位知交的文學姻緣的結晶。

《四海集》的命名有幾層用意，既指四人的作品合爲一集，也套用「四海之內皆兄弟也」的成語，以點明我和三位好友的情誼。書名同時表示我們四人雖分處五湖四海，卻有一種心靈上的契合和「天涯若比鄰」的感覺。書中四文雖然長短不一，風格各異，但同具相通的主題。《玉梨魂》是民初的言情小說；《興仁嶺重臨記》是現代英國的愛情故事；龔自珍和雪萊都是十九世紀的名詩人，作品中愛情詩自佔重要的地位；至於《千瓣玫瑰》更是集古今中外情詩之大成。我之所以選這四篇文章，是因爲其間隱然有脈絡可尋。出版社主持人囑我寫一短文略述成書的經過和內容梗概，俗語有云：「秀才人情紙半張」，這個我倒優爲之，遂欣然命筆如上。

——一九八六年

偶思錄

畫蛇添足

我在〈三思錄〉中引過一首家喻戶曉的「得意詩」：

久旱逢甘雨
他鄉遇故知
洞房花燭夜
金榜掛名時

後又引兩首「失意詩」以作對比和反面文章，說明順風旗不宜扯盡，何況人生不如意事常八九；然而有人認爲這首「得意詩」還沒有寫到家，每行添寫兩字，稱之爲「四喜詩」，方算筆酣墨飽：

十年久旱逢甘霖
千里他鄉遇故知
和尚洞房花燭夜
教官金榜掛名時

蘇聯近兩年來苦旱，加上一年歉收，穀類產量遠不逮目標，當局視爲大災難，不得不拋售大量石油和黃金以購買小麥。十年久旱豈不是餓殍遍野？雲霓已望眼欲穿，何況沛然而降的甘霖？自噴射客機通用以來，數千里可以朝發夕至，可是古時千里之行等於充軍，路上披星戴月，全賴車馬悠悠行遠道，到了邊荒區域忽遇故知，不亦快哉！和尚入了空門，此生不作家室之想，居然有一天還俗成婚，眞是喜出望外。教官習武，最多粗通文墨，一旦金榜題名，成爲文武雙全的才傑，怎不躊躇滿志？所謂「畫蛇添足」毫無貶損之意，「添足」者，添得實實足足也。

黎明即起

中國人向來主張持家勤儉，全家老幼習於早起，蓋一日之計在於晨。這當然在鼓勵大家珍惜寸陰。《朱子治家格言》一開始就說：「黎明即起，灑掃庭院」，頗合養生之道。近來很多人天剛亮就起身，從事「晨運」，其實是「復古」。

喬志高的英文著作《中國幽默作品選》譯有笑話一則，譯回中文約略如下：

某賈有一子，性懶，喜高臥。其父雖屢加訓誡，不顧，日中方起，遂不得不動之以利，問之：「願獲金否？古人云：晨興宜早，可檢得遺金一囊。」其子答曰：「如此說來，遺金者必起得更早。」

橫財的誘惑顯然敵不過懶人的邏輯。這使我想起西方類似的笑話。父親教訓兒子：

「爲什麼起身如此之晚？難道你沒有聽見諺語說過：唯有早起的鳥，才吃得到蟲？」兒子答道：「唯有早起的蟲，才給鳥吃掉。」

凡事總和錢幣一樣有正反兩面，信然。

願世世爲夫婦

散步時，途經專門拍結婚照片的攝影公司，看見門外貼有別致的招紙：

古裝婚照
全港首創

櫥窗中果然懸著古裝結婚照片一幀，服裝以紅金兩色爲主，與古裝電影和電視片集所見略同，可以代表任何朝代。新郎似有官職，頭戴烏紗，兩人合持紅綢帶，但新娘沒有披面巾，坦然以眞面目示人，倒也眉清目秀——好一雙璧人！這使我想起唐明皇和楊太眞避暑於驪山宮，七夕深宵焚香密誓：「願世世爲夫婦。」倘使我們能讓時光倒流的話，這對新人或可由時光隧道退回到宋朝。算他們在王安石（一〇二一—一〇八六年）時代吧，則距今約九百年。以一生壽命平均六十歲計，他們經歷輪迴，一再投胎爲人，生生世世結成夫婦，前後計十五次。以不同的身分，過不同的生活，毫不知前生之情，居然做了長相廝守的伴侶，白頭偕老，凡十五世之多。這種幻想豈不是很浪漫？十五世婚姻難道沒有遭遇波折、動亂、不測，以致棒打鴛鴦？委實不能想也不敢想。

冤　家

作詞曲者，每喜採用「冤家」一詞。《紅樓夢》第二十八回中馮紫英請賈寶玉、薛蟠、蔣玉菡等飲酒，席上有錦香院的妓女雲兒，薛蟠見了就涎臉要求雲兒唱一首新曲，雲兒只好拿起琵琶來，唱道：

兩個冤家，
都難丟下，
想著你來又記掛著他。

冤家二字用得太空泛，實則這名詞比「親愛的」深刻得多。《說郛》曾自《煙花記》引其解釋：

冤家之説有六：

情深意濃，彼此牽繫，寧有死耳，不懷異心，此所謂冤家者，一也。（海枯石爛，此情不渝）

兩情相有，阻隔萬端，心想魂飛，寢食俱廢，此所謂冤家者，二也。（賈寶玉和林黛玉即最佳例子）

長亭短亭，臨歧分袂，黯然銷魂，悲泣良苦，此所謂冤家者，三也。（生離）

山遙水遠，魚雁無憑，夢寐相思，柔腸寸斷，此所謂冤家者，四也。（音訊杳然）

憐新棄舊，辜恩負義，恨切惆悵，怨深刻骨，此所謂冤家者，五也。（負心的人）

一生一死，觸景悲傷，抱恨成疾，殆與俱逝，此所謂冤家者，六也。（死別）

可知冤家一詞包括愛情各種階段和層次，絕非其他親暱之稱所能取代。至於男女一方說：「眞是前世冤孽」，則已含有認命之意，和林黛玉稱賈寶玉爲「我的天魔星」不同，因爲後者與冤家相近，其詞若有憾焉，實乃深喜之。

對聯世家

《春在堂隨筆》有「冷泉亭」條，略記：

戊辰九月，余與內子遊靈隱，見冷泉亭懸一聯：

泉自幾時冷起

峯從何處飛來

內子謂：「問語甚儁，請作答語。」余即云：

泉自有時冷起

峯從無處飛來

內子云：「不如竟道——

泉自冷時冷起

峯從飛處飛來。」

春在堂主人首聯已具禪意，但不如夫人續聯境界更高更透。

越數日，次女繡孫來湖樓，余語及之，併命亦作答語。女思久之，笑曰：

泉自禹時冷起

峯從項處飛來

余驚問項字何指。女曰：「不是項羽將此山拔起，安得飛來？」

此姝自知在機鋒上無法超越雙親，但本身頗具慧根，改走偏鋒，異軍突起，無怪春在堂主人笑得茶都噴了出來，襟袖淋漓。

四人聯句之一

話說某日四人在一座古廟裏避雪，講明每人謅一句六言，聯成一詩。每句必須反映出本人的身分、職業、性格和對雪的看法。

最後的成品如下：

大雪紛紛落地（商人）
全是皇家瑞氣（秀才）
下他三年何妨（財主）
放你娘的臭屁（樵夫）

商人那一句比較最弱，看不出與他的職業有關；秀才的口氣極大，日後頗有高中的希望；財主心情甚佳，藉此賞雪一番；樵夫靠伐木維持生計，如果三年大雪不停，豈不倒楣？難怪他急得出口傷人了。

四人聯句之二

昔日流行於申江的笑話中有一則和上述聯句異曲同工；也是四人共聚一室，每人說一句七字成語，不必押韻，但須道出身分職業，還要點明自己的特殊本領。結果湊成聯句如下，相信通曉上海方言的讀者，不難欣賞其中妙處：

宰相肚裏好撑船

說這句成語的是官吏，擡高自己的身分不算，更顯示自己的寬宏大量，確有輔佐之才。

銅鈿眼裏蹓觔斗

說這句話的是商人，「蹓觔斗」是上海話，意思即翻觔斗。銅鈿眼就是孔方兄之孔，洞眼很小，而此人竟能像孫悟空一樣在裏面翻觔斗，眞可以說神通廣大。此句成語亦有譏人具銅臭氣之意。

螺螄殼裏做道場

說這句話的是道士。螺螄是田螺一類的軟甲動物，長僅寸許，而這位道人竟然能在方寸之地大做其道場：放焰口、執劍念咒、指揮他人同做法事，其道行絕非茅山道士之流可比。第四人是農夫，肚子裏當然沒有墨水，搜遍枯腸也想不出一句成語來說明自己的身分，不禁破口大罵：×××……其粗鄙不雅遠在薛蟠那句名言之上，無法宣之於口，更別說形之於筆墨，只好留下空白，讓讀者去猜測了。

湊 對

有李廷彥者，不知何許人，因爲寫過妙對一聯，就此名垂青史。他作一首百韻俳律獻給上司，其中一聯爲：

舍弟江南歿
家兄塞北亡

上司閱後憮然，對他大表同情：「不意君家凶禍重並如此！」李廷彥卻恭恭敬敬地回答：「實無此事，但圖屬對親切耳。」爲了對得親切，不惜犧牲親兄弟，可見對詩入迷之深。後人續寫兩句以諷之：

只求詩對好
不必兩重喪

更有人揶揄他，爲什麼不進一步禍延家眷，加寫一聯：

愛妾眠僧舍
嬌妻宿道房

李廷彥這種人想來把「衣服」看得比「手足」更重，不見得願意犧牲嬌妻美妾——即使僅在紙上。

雪妻梅妾

《千家詩》中有七絕〈雪梅〉一首，爲宋代盧梅坡所作：

梅雪爭春未肯降
騷人閣筆費評章
梅須遜雪三分白
雪卻輸梅一段香

這首詩非常出名，但作者不見經傳，在評論雪梅長短之後，另作一首以解之：

有梅無雪不精神
有雪無詩俗了人
日暮成詩天又雪
與梅並作十分春

增添了一個新的因素：詩，雪梅相襯而成詩。熊古柏（Arthur Cooper）曾將兩首合併爲一，稱之爲「南宋無名氏」所作小調，譯成極別致的英文輕鬆詩。

嚴格說來，原作有可商議之處。梅雪不同類，說桃李爭春則可，說雪梅爭春似失之牽強。

僧齊己〈早梅〉詩的名聯：

前村深雪裏
昨夜一枝開（原爲「數」枝開，經鄭谷改爲「一」枝開）

只不過透露了一點春的消息，此其一。梅爲歲寒三友「松竹梅」之一，雪則嚴冬始降，南方地區終年不見雪，說雪代表春回大地，實在不可思議，此其二。梅有紅白兩色，通常以紅梅爲主，《紅樓夢》第四十九回的回目是：

琉璃世界白雪紅梅

如果眞要和雪比素白，梅花應讓位給梨花，古詩詞中很多這種例子，此其三。這首詩深入人心當然另有其淵源。清除鈂撰《詞苑叢談》，根據三種資料有「朱廷之詞」條，略云：名妓馬瓊瓊嫁朱廷之。廷之爲她另建西閣，東閣由正室居住，以示正庶有別。他任職南昌，瓊瓊在家中不堪欺凌，寫了梅雪題扇詞〈減蘭〉寄給他：

雪梅妬色，

雪把梅花相抑勒。
梅性溫柔，
雪壓梅花怎起頭？
芳心欲訴，
全仗東君來作主。
傳與東君：
早與梅花作主人。

廷之閱詞得悉家中不和，西閣爲東閣摧挫，立即辭官歸里。到後置酒和二人相會，表示：

「昨見西閣所寄雪梅詞，使我不遑寢食。」東閣乃曰：「君今仕矣，試爲判斷此事。據西閣所云梅花，孰是也？」廷之遂作〈浣溪紗〉一闋以示二閣：

梅花開時雪正狂。
兩般幽韻孰優長？
且宜持酒細端詳。

梅比雪花輸一白，
雪如梅蕊少些香。
東君非是不思量。

二人看後，心服口服，從此歡洽如舊。

以上一段故事有情有節，引用〈雪梅〉詩頗得體。朱廷之是南宋時人，名端朝，年分上不會遲於原作者盧梅坡很久。《全宋詞》將此詞和馬瓊瓊詞列入附錄「元明小說話本中依託宋人詞」中，見瞿佑《紅梅記》，亦即《詞苑叢談》所根據的第一條資料。既爲說部，情節當然可以編造得合乎人物的身分。否則朱廷之爲妻妾失和而隨便休官，於理欠通。馬瓊瓊引〈雪梅〉詩，自居梅花，原作中雪在前梅在後，況大雪漫天而降，聲勢固然蓋罩梅花之上，但梅花以色勝，有國色天香之稱，表面上尊重東閣，心中另有自珍之意。朱廷之爲梅花建西閣，似有僭越之嫌，現值雪梅爭春，他以詩人身分居間調解，〈浣溪紗〉中的判詞指出雪梅難分高下，第五六兩句表示古人已先我言之，二人不由得氣平下來，不再爭寵，而在詩人面前「並作十分春」，償了他享齊人之樂的宿願。此詩因此得以流行不衰，固不止月旦雪花、梅花之色香而已。

趁韻之一

傳統舊詩有一定規律，例如律詩必須屬對，無論何種體裁，必須押韻，連打油詩都不例外。《唐詩紀事》最後一節記載唐中宗時的左武將軍權龍褒，好賦詩而不知聲律，凡有機會不忘吟詠。調職滄州後，立刻賦詩一首：

遙看滄州城
楊柳鬱鬱青
中央一羣漢
聚坐打杯觥

不知所云，可是大家礙於情面，照例客氣一番，讚曰：「公有逸才。」他答道：「不敢。趁韻而已。」等他遇上有識有勢的人，就不那麼容易混過關了。吟「夏日」詩有一聯：

嚴雪白皓皓
明月赤團團

別人問他：「豈是夏景？」他又利用趁韻作擋箭牌，殊不知這次主人是皇太子，立刻援筆譏之：

龍褒才子，秦州人士。
明月晝耀，嚴雪夏起。
如此詩章，趁韻而已。

計有功將這些莫名其妙的詩附於《唐詩紀事》驥尾，聊資談助，而權龍褒之大名遂得以傳。

趁韻之二

王彥齡高才不遇，屈爲太原小吏。嘗作〈青玉案〉、〈望江南〉小詞以諷帥和監司，監司聞悉大怒，痛加斥責。彥齡唯有婉言解釋：

居下位，
常恐被人讒。
只是曾填「青玉案」，
何曾敢作「望江南」？
請問馬都監。

馬都監剛巧坐在他身旁，連忙自辯無其事，退席後對他大起問罪之師：「某實不知，乃以某為謀，何也？」彥齡笑曰：「且借公趁韻，幸勿多怪。」

看來他一定寫過〈望江南〉，既諷監司，為監司所聞，只好狡賴，可是一面之詞不夠分量，就拖馬都監落水做證人，即使馬都監姓牛，也照拖不誤，誰教他的官銜是都監，和〈望江南〉押上了韻？

減韻

詩律是平等的，人人必須遵守；故意破壞詩律不啻自動取消詩人的資格。然而偶有特權階級自命超越詩律之上，可以不必押韻，爲當代有識之士和後世所不齒，等於自絕於詩壇之外。

唐代史思明僭號，以其子史朝義爲懷王，並任周贄爲丞相。史思明住在東都，櫻桃熟時，託人帶交河北的兒子，附詩一首：

櫻桃一籃子
半青一半黃
一半與懷王
一半與周贄

手下諸臣大加讚賞，有人說：「此詩大佳，若押作一半周贄，一半懷王，即與『黃』字，聲勢稍穩。」換句話說，如此顚倒次序便押上了韻：

一半與周贄
一半與懷王

史思明聽後佛然，斥曰：「我兒豈可居周贄之下！」終不肯改。他自以爲即將坐享九五之尊：「天下都屬於我，詩律豈爲我而設？老子要破就破，要滅就滅，你們奈我何？」殊不知歷史是客觀和無情的，滅韻之後，連《全唐詩》都會記上一筆。

（按：明《五代雜俎》說此詩為安祿山所作，詩與《全唐詩》所錄略有出入，因安知名度太高，現將兩說併而為一，以史為作者，安詩為引文。）

圈　圈

清代童二樹以畫梅聞名於世，曾在自己的畫上題詩一首：

左圈右圈圈不了，

不知圈子有多少。
而今跳出圈圈外，
恐被圈圈圈到老。

圈圈含義雙關：一指所畫的梅花。臺靜農撰文紀念張大千，云每逢大千生日，必繪梅花一小幅爲賀，略表心意。最後一次生日，畫了一幅繁枝，求簡不得，只有多打圈圈。凡繪梅花者都知此意；另一意指仕途，原來童二樹曾應舉子試，入場時遭監考官搜身，疑心與試的人懷有挾帶。他就此拂袖而去，歎曰：「朝廷竟以盜賊待士子乎？」從此絕意仕途。「跳出圈圈外」，就是跳出功名利祿的圈子之外，因爲眞正的知識分子是有骨氣的，不會爲虛名假利所羈絆。

所謂圈圈也就是框框，繪畫者有派系和技巧上的成見，文藝寫作也有種種規律、觀念等現成套子，創作者如爲圈圈所束縛，不能跳出圈子外，就沒有前途可言。

甘入圈套中

梅花圈圈是雅事，名利圈圈是陷阱，可是愛情圈圈卻別有一種甜味，使人心甘情願鑽入去。清《兩般秋雨齋隨筆》有「圈兒信」條：

有妓致書於所歡，開緘無一字，先畫一圈，次畫一套圈，次連畫數圈，次又畫一圈，次畫兩圈，次畫一圓圈，次畫半圈，末畫無數小圈。

想來她不通文墨，只能畫圈圈以表相思，可是左一圈、右一圈，猶如太極高手使出的招數全是圓圈，看得人頭昏眼花。幸虧有好事者題一詞於緘札上：

相思欲寄何從寄，畫個圈兒替；
話在圈兒外，心在圈兒裏；
我密密加圈，你須密密知儂意。
單圈兒是我，雙圈兒是你；
整圈兒是團圓，破圈兒是別離；
還有那說不盡的相思，
把一路圈兒圈到底。

化抽象為委婉具體，使我們不致悶在葫蘆裏而分享到作者的柔情蜜意。圓圈代表圓滿：陰陽互濟本是太極的最高象徵。男女走入了這個溫柔圈，沒有不甘心終老是鄉的。

小圈子

牛津、劍橋兩大學的教師和學生代表了英國知識分子的精英。打開英國歷史一看，傑出人才半數以上都受過牛橋（兩校簡稱）薰陶。兩校自然而然有特殊的校風，形成了「小圈子」，而小圈子中的師生又另有更小的圈子。或彼此拉攏，或互相傾軋，說不盡的是非恩怨，造就了大批人中龍鳳。

兩校的規則之一，是學生參加任何正式典禮時，必須在普通服裝之外，另穿黑色學袍以示隆重。為了表示和附近兩鎮居民打成一片，美其名曰「城鎮（town）與學袍（gown）的結合」。事實上，圈外人反而視之為城鎮和象牙塔之間不可彌補的矛盾。

牛津的黃金時代是本世紀的二〇至三〇年代，人才輩出，其中有一位盧易士（C.S. Lewis, 1898–1963）特別值得一提。他精通十餘種語言，包括古威爾斯文和古今冰島文，耗時十載的力作《愛情的寓言》（*The Allegory of Love*）一九三六年由牛津大學出版，為研究中古文學傳統的經典之作。他任勞任怨，在茂特靈學院執教凡二十九年，可是由於筆鋒和詞鋒同樣尖銳，雖然不乏惺惺相惜的朋友，也得罪了不少人，始終沒有打入小圈子的核心，幾次都失去晉升講座教授的機會。直到一九五四年他接受了劍橋大學的聘請，出任中古和文藝復興時期英國文學講座教授之職，才總算揚眉吐氣。

除了著作（另寫偵探、科幻小說和神學論著）和導修之外，他還是第一流的講學者。在牛津時，名義上雖然只是講師，但講起來內容豐富、口才辯給，號召力在一般教授之上。每次講演必穿學袍，用心準備講詞，還騰出時間臨時發揮潛修的心得，所以席無虛設，打破牛津往昔以不聽講爲榮的傳統。第二次世界大戰期間，學校紀律比較鬆弛，他演講如常，因男生正值服兵役的年齡，聽講者以女生居多，漸漸不再理會這條聽講須穿學袍的校規，僅穿便服上堂。盧易士看了大不以爲然，某日他一語不發，從前到後，從左到右，不停打量聽眾，等到大家的好奇心引起之後，才不慌不忙地說：「我謹向諸位道歉，因爲多穿了一件學袍。」從此以後，女生不再忘記遵守這條規則。牛、橋兩校源自中古的教會，自有其清規，盧易士只不過是執法的方丈而已。

現代最偉大的發明

比盧易士大四歲而高幾班的牛津高材生阿‧赫胥黎，畢業後即離校從事寫作，終於成爲本世紀的大作家；否則以他性喜挖苦人和不羈的脾氣，很難見容於牛津的小圈子。戰時他移居美國，晚年常返英和親友相聚。他學識淵博，言談風趣，有一次問兄長名科學家裘利安：「什麼是二十世紀最偉大的發明？」座中諸人意見紛紜，別人以爲無線電可當之無愧，他卻一本正經地說：「非也，非也。本世紀最偉大的發明是透明膠帶。」大家聽後面面相覷，啼笑兩難。

（按：阿‧赫胥黎所說並非完全怪論。三M公司發明的噴漆膠帶起先只一面外緣上了膠，根本黏不牢，為汽車廠工人所奚落，稱之為蘇格蘭膠帶（Scotch tape）。因為在英文中蘇格蘭一詞有吝嗇的含義。經改良後，為各大汽車廠所採用，車體噴漆非它莫辦。後迭經改進，終以文具方式通用於辦公室和家庭中，用者無不稱便，有不可一日無此君之感。）

音樂境界的發現

阿・赫胥黎在一九二八年出版了一部音樂式的長篇小說：《相反相生》，採用了主題、變調、轉調等手法。第二章用很長篇幅介紹巴哈的「降E小調橫笛弦樂組曲」，最後一章詳細介紹貝多芬的「A小調四重奏」，讀後按書索驥細聽，遂使我欣賞音樂的眼界漸寬。巴哈的組曲助我超越莫札特而進入十八世紀巴羅克音樂的殿堂。貝多芬的四重奏是他耳聾後的作品，較「神聖彌撒曲」和「第九交響曲」尤遲，爲大病初癒感謝神恩而作。小說譽其中第二樂章爲「人世天堂的最高境界」，深獲我心。

比赫胥黎、盧易士年輕一代的牛津才子，本世紀大詩人奧登性耽古典音樂。有一次他發表意見：「任何人到現在還奏貝多芬後期弦樂四重奏爲神品而不懂得欣賞歌劇，可以說是音樂的門外漢。」似對赫胥黎三十年前寫的小說而發。奧登畢業後離國寄居義大利，後定居紐約，主要目的即在成爲名歌劇院的座上客。其後，他厭惡大都會歌劇團主持人魯道夫・平的作風，每年秋冬兩季移居維也納附近的小城，以便近水樓臺聆賞第一流的歌劇，至死方休。生前開過一張詳細單子，列舉自己最喜愛的歌劇唱片，其中有華格納、理查・史特勞斯和義大利作曲家等的作品。可惜當年灌製唱片的錄音技術遠不及目前的水準，辜負了那些名曲，實爲憾事。他曾爲現代作曲大師斯德特文斯基的英文歌劇：《浪子浮世繪》作詞，鑑賞歌劇的能力非凡夫俗子所能及，不愧爲「西方的顧曲周郎」。

聲樂與器樂

在這一地區的樂迷不會有這麼好的福氣。我們固然可以借助最新的身歷聲錄音帶和雷射唱片來望梅止渴，可是一來未必通曉原歌劇的德文和義文，對歌詞總有格格不入之感，二來舞臺上的佈景、服裝、演員的臺風和演技等都無法耳薰目染，享受不到在歐美劇院裏花上四、五小時傾聽華格納鉅鑄的同樣樂趣。

細思奧登認爲歌劇是音樂的最高成就，實含至理。電腦的發明是工業革命以來的里程碑，其潛能尚待發掘，可是終歸是人腦的產品，將來恐仍須受人腦控制。鋼琴、小提琴等各種樂器，可以奏出最美妙動聽的樂曲，可是發明者和演奏者仍是人；然則爲什麼人類不能運用天賦的歌喉來表現最高的情操呢？

中國的音樂就是極好的說明。最吸引人同時也是最深奧的音樂不是器樂，而是聲樂。令我們入迷的不是琴、瑟、笙等奏出的古曲或具有中國情調、西洋形式的管弦樂，而是崑曲和皮簧。崑曲比較古雅，不像皮簧那麼流行。皮簧四大名旦中的梅蘭芳（像詩人中的李白）和程豔秋（像杜甫），老生中（譚鑫培已幾乎失傳）的余叔岩（像陶淵明），不論唱腔、道白、演技、身段，無不出神入化，看過他們在紅氍毹上表演的人，均歎爲觀止。學他們唱腔的人到現在還不乏沉溺其中凡數十年的才智之士，卻深以不能傳他們的絕藝於十一爲憾。可惜的是皮簧戲的樂曲太單調，作曲者不是創作樂曲的大師，來不及發揚光大，就爲抗戰和革新的潮流所扼，昔日風行一時的陽春白雪可能會成爲絕響了。

高歌一曲的先生

《譯叢》通俗文學專號刊載張愛玲譯的《海上花》，初時暫定的書名和另一書名《孽海花》犯重，而且「海上」一詞暗指上海，最好另擬。她寫信來建議用*Sing-song Girls of Shanghai*，編輯部有人認爲Sing-song Girls頗有「洋涇浜英文」之嫌。她隨後指出當年夷場的妓女統稱「先生」，外出應堂差照例隨身帶琴師引吭高歌。先生兩字讀音和sing-song相近，而意義直譯即爲唱歌。中國商場中人和洋人應酬時，在「番菜館」叫條子請相熟的妓女列席助興，洋人聽大家稱呼她們爲先生，又高歌一曲而別，sing-song之名遂不脛而走。這樣解釋倒也言之成理。

最近覽閱評彈的資料，始知先生之稱源自清末江浙一帶的書場，凡女彈詞和女說書悉稱曰「女先生」，沿自《紅樓夢》第五十四回中賈母叫了兩個「女先生兒」來說書，後簡化爲「女先兒」的稱謂，她們的居處就叫「書寓」，以示與長三妓院有別。民國後，此風漸替，妓女假借書場以獵客，而原來的琵琶伴唱的彈詞和說書也難以爲繼。一般妓女改唱二簧調和梆子腔，不過一直沿用女先生和書寓之名。堂唱雖變質，仍爲一時風尚，即雛妓亦咿啞學歌。《上海竹枝詞》有一首：

唱說彈詞號女先

妓蘇新到小嬋娟

琵琶半抱佯遮面

含笑低頭學簸錢

描寫的還是北里入侵書場前的情景。

說書的起源——平話

宋代流行於民間的「平話」，等於現代的白話小說，本名「說話」，用俚語講述近時或採自說部中的故事。當時就有專門以講說平話爲職業的藝人，稱爲「說話人」，所用的底本叫做「話本」。流傳下來的不過二、三十種，但至少有下列各種通行至今：

快嘴李翠蓮記

碾玉觀音

西湖三塔記（白蛇傳的前身）

說話人就是今天的說書先生，通常由一人說唱，不用樂器，僅醒木一塊，紙扇一把，而平話亦演變爲演義小說，最著名的是：

三國志

水滸傳
封神傳

又稱「大書」。其後衍化爲七字韻語，有白有曲，配上簡單節拍樂器，如胡琴、三弦、小鼓、拍板等，統稱爲「彈詞」，以別於說書。所用話本中著名者有：

三笑姻緣
珍珠塔
白蛇傳

比較接近民間故事，與演義和歷史小說距離較遠，又稱「小書」。

我們現在所看到的古典小說幾乎每一回的回末都有：

欲知後事如何，
且看下回分解。

一類的字句，足可證明中國敘事藝術和說書有不可分割的血緣關係。文學價值極高的古典小說，如《紅樓夢》等都不諱用這種技巧，《兒女英雄傳》更堂而皇之用說書人的口吻。《三國演義》第一回回末，說到張飛大怒，便要提刀入帳去殺董卓，戛然而止，接下去就是典型的說書手法：

> 畢竟董卓性命如何，
> 且聽下文分解。

用「聽」而不用「看」，可見原作是說書的話本。《紅樓夢》的小說成分高於說書，回末的要緊關頭往往是具文，和職業說書人「吊胃口」的手法不同。比較精采的是第二十四回回末，紅玉（後改名小紅）見賈芸拾到自己丟的手帕，賈芸想還給她，並上前用手拉她：

> 那紅玉急回身一跑，卻被門檻絆倒，要知端的，下回分解。

第二十五回初說明紅玉心神恍惚，矇矓睡去，嚇醒過來，方知是夢，把少女初入情關的心態描寫得入木三分。

在古典小說中，寫得最適宜說書人發揮所長的是《水滸傳》。它本身極可能是將單獨的話本重新組織合併爲一長篇，而各獨立的片段含有豐富的懸疑和意想不到的變化，讓說書人得以控制聽眾的情緒。第二回回末，魯智深在人羣中聽榜文，背後一人攔腰抱住，大叫道：「張大哥，你如何在這裏？」此人是誰？爲什麼抱住他？爲什麼叫魯智深爲張大哥？說書的懸疑技術十分高明，讓聽書的人乖乖掏腰包，明日再來聽下文。然而說書的影響畢竟阻礙了純文學的發展，除非擺脫說書的無形束縛，文壇難以產生出眞正偉大的小說。

說書的藝術——賣關子

以上所引是多數舊傳奇小說、說書話本和彈詞的結尾，目的在使聽眾跟著聽下去。江浙一帶說書人通用的專門名詞是「賣關子」，現已爲大眾所採納。寫彈詞的人利用這作爲休息的藉口，《鳳雙飛》的作者程蕙英在卷十六結尾時就如此說：

世事從來多不測

吉凶未可預推詳
要知水盡山窮處
另有奇峯透碧蒼
人倦筆枯權歇手
少停下卷再開場

有時寫書人爲說書人製造另一種藉口：

此卷詞中話已多
略飲香茗停片刻
下回分解事如何

這種賣關子方法其實也就是說平話的人向觀眾取賞錢的伎倆。《水滸傳》第五十回，白秀英唱到務頭，她父親按喝道：「看官喝采是過去了，我兒，且下來……且走一遭，看官都待賞你。」英國小說家描寫波斯說話人講故事，一到緊張時刻，便停下來說：「列位聽客大爺，請打開錢包吧。」如果關子賣得不好，盤子裏收不到分文，他就窘得無地自容。

由此可見說書人賣關子不止在回末，在每天結尾時另外還要有小關節，從頭至尾把觀眾吊在半空，心癢難熬，才算眞正學會了吃開口飯。《清稗類鈔》有這樣一段：

說部若去頭腳，篇幅頓小，藝之善者，時出新意以延長之，而聽者猶嫌其短，反是，則一說便完，雖十餘日，亦覺枯坐片時之無謂。昔人謂善評話者，於「水滸」之武松打店，一腳擱短垣，至月餘始放下，語雖近謔，然彈詞家能如是，亦豈易耶！

這並不是誇張的笑話，近人也有類似的記載：

某君偕其徒說〈水滸記〉於某茶肆，至石秀劫法場於大名府，時因事請假一月，而薦其徒代之。肆主輕其年幼，固未信其能勝任也。及其師歸，則一月來石秀尚在酒樓之上，未曾跳下來救宋江也。

有人曾在蘇州聽人說《啼笑因緣》，云女主角從樓上走到樓下走了一月有餘，我當時認爲未免誇大其詞，看了上面兩段記載，方始覺得他言之有據。說書人的絕招乃自小說、戲劇、繪畫、音樂等化出，並非他們自創，亦非他們專有。

半邊美人

短篇小說聖手契可夫善於使用懸疑手法。〈香吻〉描寫一低級砲兵軍官，參加鄉紳宴會時誤闖私室，黑暗中忽聽得衣裙綷縩，一聲嬌呼：「終於來了！」然後柔軟的手臂抱緊他的脖子，臉頰貼上來，報以熱烈的一吻；但隨即發覺認錯了人，驚喚一聲，棄他而去。說故事者守口如瓶，沒有揭露佳人的身分，主角和讀者始終在五里霧中。這位軍官其貌不揚，一輩子沒有受過異性的垂青，這一吻成了他一生的轉捩點。

〈一個帶狗的女人〉描寫中年男子在雅爾達度假時，邂逅一位年輕女人結下露水姻緣。他一向認爲這些儻來豔福只不過是逢場作戲，況且莫斯科家中有妻子兒女，而這女人也羅敷有夫，另居附近小城。可是這次鬼使神差，不知如何卻覺得生平第一遭嘗到了愛情滋味。假期後分歸舊巢，還是魂夢難忘。他們只好偶然偷情幽會，無法稱心歡聚，終於明白長此下去，絕非了局，一定要找出妥善的解決辦法。於是細斟密談：

解決的辦法看來一會兒就可以商量出來，輝煌的新生活就可以開始。他們都認識到前路漫長，險阻艱難，只不過剛開始。

這是故事發展的高潮，同時也是故事的結尾。他們究竟「商量」出什麼「辦法」，只好由讀者去猜想了。這篇小說充滿懸疑，富於吸引力，難怪多年來一直膾炙人口。

《西廂記》也是精於應用懸疑訣竅的傑作。金聖歎獨具隻眼，稱之爲第六才子書，指出它具有《左傳》和《史記》的筆法，洵爲善讀西廂的大評家。他在八十一條《西廂記》讀法中特別闡釋如下：

文章最妙，是目注此處，卻不便寫，卻去遠處發來，迤邐寫到將至時，便且住，卻重去遠遠處更端再發來，再迤邐又寫到將至時，便又且住。如是更端數番，皆去遠遠處發來，迤邐寫到將至時，即便住，更不復寫出目所注處，使人自於文外瞥然親見。西廂記純是此一方法。

他看得很清楚，《西廂記》的妙處即在見首不見尾，故事未達頂點之前，就收場落幕，任由讀者的想像力去補充。因此在第十六章〈驚夢〉前這樣說：

舊時人讀西廂記，至前十五章既盡，忽見第十六章，乃作驚夢之文，便拍案叫絕，以爲一篇大文，如此收束，正使煙波渺然無盡。

坊間的評者深明此理，對金聖歎的觀點加以讚賞：

西廂原文止於草橋驚夢，眞有悠然不盡之意。後人續以四齣，已大爲聖歎所呰，而綴文者復於其中屬筆焉。

金聖歎特附〈續西廂〉於正文之後，另有苦心，好讓讀者明瞭這是狗尾續貂：

此續西廂記四篇，不知出何人之手？聖歎本不欲更錄，特恐海邊逐臭之夫，不忘羶薌，猶混絃管，因與明白指出之，且使天下後世學者覩之，而益悟前十六篇之獨天仙化人，永非螺蛳蚌蛤之所得而暫近也者。因而翻卷更讀十百千萬遍，遂愈得開所未開，入所未入，此亦不可謂非續者之與有功也。

因爲不入續作大殺風景的鮑魚之肆，沒有鮮明的對比，就體會不出原作的芝蘭之香。他還進一步指出：

嘗有狂生題半身美人圖，其末句云：妙處不傳，此不直無賴惡薄語，彼殆亦不解此語為云何也。夫所謂妙處不傳云者，正是獨傳妙處之言也。

恰到好處的懸疑正是一切文藝的最高境界之一。

回眸一笑百媚生

可以使六宮粉黛黯然失色，因為我們看到的只是背影，其勾神奪魂處遠在任憑端詳的美人之上。唯有——

千呼萬喚始出來
猶抱琵琶半遮面

才會使詩人青衫盡濕，爲她寫出傳誦千古的名作。

下回分解

幾年前我試寫過〈文思錄〉，去年再度開始寫〈再思錄〉、〈三思錄〉和現在的蕪文。由於讀者的謬愛、友好的鼓勵和編輯的支持，似有欲罷不能之勢。我想主要原因是都市生活產生了各方面的壓力，讀者逐漸養成了偏嗜短篇作品的習慣。拙作採取隨筆的形式，而內容則力求趣味和知識的平衡，似乎正符合這種趨勢。我寫的時候態度始終是鄭重的，心目中奉梵樂希替詩下的定義爲理想：

詩之暗含思想，正如水果之暗含營養價值。水果富於營養，可是表面上是可口的享受。……上口清香甜美，令人察覺不到它隱藏的滋補之益。

不過，這淺顯的道理，實行起來並非易事。將理想轉變爲具體文字時，不是覺得趣味不足，求娛人而不可得，就是發現古人早已先我言之，而且說得比我簡潔精到，因此屢屢擱筆興嘆。

在寫作過程中，我體會到這類隨筆應兼「長話短說」和「武戲文唱」的能耐。長話短說在除蔓修枝後，仍須說明來龍去脈；武戲文唱在交代動作時，仍須節奏明快。做不到這一點，就不合己意，更逃不過看官的慧眼，唯有一筆勾銷，整節報廢。所以這一系列文章的損毀率很高，進度甚慢。日後我是否再有同樣的心情與合適的資料繼續寫下去，是一個極大的問號。

寫此文時常聽到窗外布穀鳥的鳴聲。布穀是一種候鳥，可能來自印度，在香港出現日期約爲四月二十日，在上海約爲五月一日，在華北則遲至五月中旬。同樣四個音符的鳴聲在迥異的社會背景下會產生截然不同的反應。我曾在另一篇文章中舉過一些具體的例子，現在不妨略加闡明。江南的農民聽來是「花好稻好」，慶豐年的預兆；上海洋酒鬼的耳中變成了「再來一瓶」的藉口；北方的單身漢聽來是「光棍好苦」，成家立業的呼號。古人往往採用諧音來模仿牠的求雨聲：「軻格傑輈」、「懊惱澤家」，毫無意義可言。最富詩意的則是文人筆下的「不如歸去」，說是懷鄉也好，思念倚閭以望的親人也好。可是對我這個再三躊躇執筆的人，聽來聽去只有一個音意：「下回分解」。

——一九八六年

附錄

理性的閃光

——宋淇（林以亮）早期佚文小議

陳子善

宋淇先生於一九九六年十二月三日在港病逝的噩耗，我是遲至讀到董橋先生的〈悼「文學良心」之逝〉才得知的。對這位「集翻譯家、批評家、詩人、編輯於一身」的香港文壇前輩的悄然離去，我深感悲痛。

宋先生的書我本本愛讀。他在臺灣以筆名林以亮出版過一本散文集《昨日今日》（一九八一年五月，皇冠出版社初版），是我案頭必備書之一。書中「昨日」部分收錄了一組總題爲〈細沙〉的小品，據宋夫人文美女士在〈序〉中說明，《細沙》是「作者年輕時心智成長的眞實紀錄，爲了情感上的理由，藉以志念他迂迴曲折的寫作生涯才收在集中。」

我知道宋先生早年以宋悌芬、歐陽竟、唐文冰等筆名寫新詩、寫散文，還搞文學翻譯，揭載於京滬兩地文學刊物者甚爲可觀，可惜許多未曾結集。經我查考，《細沙》中的十二則小品就有八則最初發表於上海《新語》半月刊。創刊於一九四五年十月的《新語》是「綜合性學術文藝半月刊」，由周煦良、傅雷主編，作者有馬敘倫、郭紹虞、夏丏尊、許傑、錢鍾書、楊絳、辛笛、吳興華等位，均為一時之選。宋先生當時在文壇上已鵲譽四起，他成為《新語》的撰稿人，也就完全在情理之中了。

《新語》創刊上有宋先生的小品《枕上偶得》七則，其中第一、三、四則已編入《昨日今日》中的《細沙》，分別題為〈光與暗〉、〈批評與打靶〉和〈批評與瞥伯〉。第三期上又有宋先生的總題《細沙》的小品五則，即〈題目〉、〈現在〉、〈孤兒院〉、〈為什麼〉和〈屬於〉，也均編入《昨日今日》中的《細沙》。但《枕上偶得》中的另外四則無標題的小品，卻未編入《細沙》，無疑屬於宋先生的早期佚文之列。對這個小小的發現，我感到意外和欣喜，現把這四則小品轉錄如下，供宋先生作品愛好者共賞：

「我們應該愛——愛人和愛國家，但不是為了道德上的原因；因為我想我們必得接受一些狹窄的生命給與我們的限制。例如我們只能有一個父親，一個母親。但如嫌太狹，為什麼不愛整個世界、宇宙、天王星、海王星？」

「理想大學和理想教育都不可能。因為一個人能領略教育眞正意義，和領略人生意義一樣，非自己經過這一關不可。每個人都應該是過來人。我們老聽見人說，他們走了多少冤枉路，浪費了多少時間。假如他們能回頭重新生活就好了，可是不能，所以願意告訴別的青年人，別走錯路。這其實是錯誤的看法：路得自己走出來，不然就失去它的意義和價值。你可以告訴他，鼓勵他，可是你不能讓他走你的路。歷史上有多少人主張，理想教育方法應該怎麼樣，但實行時並不理想。最明顯的例子便是米爾頓，寫了長篇大論攻擊現行教育制度，並説他的方法才是唯一的理想；結果，他的子姪受他的教育，非但學問上沒成就，而且品格似乎比常人更壞。」

「我們爲什麼把drama稱爲『話劇』？很有理由。在我看來，話劇這字的中心，在『話』而不在『劇』。現在話劇都太注重『演』，而忽略了説話的藝術。仔細想想，話劇和文明戲究竟有什麼不同，應該有什麼不同？文明戲完全講『演』，過火的『演』；所以有時候我們非但不被感動，而且覺得可笑。假如話劇也要注重演的話，就如文明戲一樣。注重演技（acting）的普通是啞劇（mime），原因是不能説話，只能由動作表達，是ballet，因爲一部分就是啞劇；是無聲電影。Opera就忽略演技，因爲可由音樂歌唱中表現；中國舊劇不注重演，因爲也有音樂，有説白、唱，同時有傳統的格式（convention）。話劇也應如此，用説話傳達情感和意義，不應該受電影的影響。我沒有看過大演員演的莎士比亞，可是我想他們演技固然到家，説話還是重要因素。聽莎士比亞時，我們不聽學者而聽演員，是這道理。To be or not to be不在怎麼演它，而在表達（interpret）它。中國話劇一直停頓在文明戲水準上，就是這緣故，我這話也許太偏，但要提高中國話劇標準不得不如此。」

「翻五四時代的文學作品和現在的比一下，我們不由得不感到，雖然在技巧上見解上我們有超過他們的地方，但同時在精神上反而沒有那麼生氣，那麼鮮，那麼年輕和勇往直前。這些可寶貴的性質到哪裏去了呢？文學的發展也許像個人，也有少年，壯年，老年，可是現在看起來，近代白話文學運動未免老得太快，簡直有點未老先衰。」

宋先生一貫堅持對人生和文學的品味，他在這四則小品中對「愛」、「理想大學和理想教育」、話劇的「話」和「演」以及「五四時代的文學」發表了自己的看法，雖然只是三言兩語，未能充分展開，但不乏獨家之言，的確是作者「心智成長的眞實紀錄」。也許你未必贊同，也許宋先生自己後來也改變了看法，無可否認的是，這些見解直至今天仍具有啓發性。

箚記絮語式的小品，側重抒情的有外國古代紀伯倫的《先知》，側重敘事的有中國現代章衣萍的《枕上隨筆》，側重思辯的有中國當代王元化的《思辯短簡》，都不同程度的產生過重要影響。當年的宋先生顯然也對這種文學形式情有獨鍾，題爲《細沙》也是意味深長。這四則佚文大概因爲凸現了理性思考的一面，才未編入抒情色彩較爲濃厚的《昨日今日》中的《細沙》。其實，他晚年所作，「熔知識、見解、機智、幽默於一爐」而廣獲好評的〈文思錄〉、〈再思錄〉、〈三思錄〉（均收入臺灣九歌出版社《更上一層樓》），從內容到形式，與《細沙》和這四則佚文都是一脈相承的。

宋先生這樣學貫中西、成就卓著的作家、學者，在人才輩出的香港文壇上也是鳳毛麟角。他的文集的編訂，有沒有可能在近日提上議事日程呢？但願有人來做這項有意義的文化積累工作，也但願屆時不要遺漏了這四則佚文。

——原載一九九八年一月《明報》，第三十三卷第一期

（本文作者陳子善先生，現任上海華東師範大學教授）

錦繡文章歷久彌新

——《更上一層樓》再版有感

陳子善

書的命運是很不相同的。有的書誕生之後就乏人問津，有的書雖暢銷一時，但很快被人遺忘，有的書卻歷久彌新，隨著時間的推移，愈益顯示出它的獨特價值。林以亮先生的《更上一層樓》就是這樣的一本值得細細品味的好書。

林以亮先生原名宋淇，係中國現代大戲劇家、大藏書家宋春舫之子。他早在求學時期就受到錢鍾書先生的賞識。《槐聚詩存》（北京三聯書店）中留存著不止一首錢先生與宋悌芬（林先生早年筆名）的唱和之作，錢先生學貫中西，從不輕易許人，但在詩中稱林先生後生可畏，評價之高是顯而易見的。可惜我人在客中，手邊無書，不能具體徵引。林先生早年寫新詩，後轉向電影編劇，晚年潛心治學，在中國古典詩詞、《紅樓夢》、英美文學、翻譯學、現代文學（尤其是張愛玲和西西的作品）等眾多研究領域裡均有造詣，不是一般的造詣，而是完全可用「精深」兩字來形容，化為文字，自然不同凡響。但他惜墨如金，不隨便出手，這本《更上一層樓》

是他一九七七年至一九八六年的精選文集，眞可謂「十年磨一劍」。

二十世紀中國散文的成就相當可觀，其中有「學者散文」的一路，博洽雅訓，越來越受人注意。林先生也以學者的博學多識寫散文，《更上一層樓》就是一部難得的「學者散文」佳作。書中雖有〈像西西這樣的一位小說家〉這樣比較謹嚴的長論，但仍寫得生動活潑，色彩斑斕，借鑑A．赫胥黎音樂化小說的理論，以交響樂四個樂章的起承轉合來探討西西長篇《哨鹿》的結構奧祕更是引人入勝。我是寧可把其當作「學者散文」來讀的，無論寫英美漢學權威霍克思和華茲生，還是記新加坡「紅學」大家黃葆芳，無論品藻張愛玲的《海上花》英譯，還是點評夏志清的稟賦和學問，林先生都能以宏闊的視野、精到的剖析和親切的筆觸出之，引領讀者在輕鬆愉快的閱讀中作一次難忘的深具文化意味的散步。而〈秀才人情〉更是一篇學識與才情交相輝映的妙文。借用武俠小說中的常見術語來闡釋《四海集》四位作者的不同風格，不但貼切，而且是林先生的首創。從此以後，這種有趣的譬諭就屢見不鮮了。「學者散文」是必須體現學者的睿智、學術的靈光和人文的關懷的，否則就流於炫耀才學而失去了它的生命力。《更上一層樓》正是林先生多年專心向學、「武功高強」的結晶，因此於雍容大方之中更平添了學術的力度和深度，浸潤著人文知識分子面對科技發達所帶來的負面影響的深層思考，正如林先生在評論他人時所說的：「一個普通人，學問達到了相當火候之後，自會觸類旁通，信筆寫來都是錦繡文章。」

特別應該提到的是，《更上一層樓》「全書以〈文思錄〉起，以〈偶思錄〉終，採取相同的形式，無意間構成了一個圓圈，周而復始，代表了生生不息和某一階段的終結」。確實，書中的〈文思錄〉、〈再思錄〉、〈三思錄〉和〈偶思錄〉四篇，共錄七十一則學術小品，長則千字左右，短則不到四百字，詩詞小說、音樂繪畫、掌故軼事、古今中外無所不談，看似信手拈來，涉筆成趣，實際熔知識、見解、機智、幽默於一爐，足以顯示作者的靈思和功力，難怪林先生要特別看重這四組學術小品了。誠然，這類讀書札記的形式，中國古已有之，在歷代汗牛充棟的詩話詞話中比比皆是，如林先生多次引用的清代袁枚的《隨園詩話》即為一例，但往往太多太雜，讀者必須做一番披沙揀金的工作。林先生卻不同，他是真正有感而發，推陳出新，不落老生常談的窠臼而別有情致。他一方面對歷代名人名作名句重新審視，另一方面以其深厚的西學根柢加以觀照，著力發掘其新義，因此儘管文字簡練，字裏行間仍湧動著作者對自然的親和、對歷史的穿透，以及對自在灑脫、不羈不絆的人生境界的追求。他對各個歷史時期詠梅詩高下的梳理，對達文西其人其畫其文意義的闡發、對中詩英譯誤讀和洋人亂起中文名的揶揄，對奧登歌劇是音樂最高成就說的補證等等，無不涉及中外文化的差異、碰撞和融匯等問題，以小見大，頗具匠心。林先生這類情致、優雅、充滿人生哲理和藝術眞知的學術小品是我最愛讀的。

如果我沒有記錯，《更上一層樓》是林以亮先生生前出版的最後一部著作，初版至今已有整整十一個年頭了，林先生也已於前年謝世。值此九歌出版社二十週年大慶之際予以再版發行，正是適逢其時，頗具紀念意義。林先生泉下有知，也當頷首稱善。而對海內外華文文學愛好者和研究者來說，則又有了一次親近林先生道德文章的機會，千萬不要錯過喲。

——一九九八年二月六日于日本東京

典藏散文NA ⑬

更上一層樓

作　　者：林以亮
策　　畫：編審小組
發 行 人：蔡文甫
發 行 所：九歌出版社有限公司
臺北市八德路3段12巷57弄40號
電話／02-25776564・傳眞／02-25789205
郵政劃撥／0112295-1
九歌文學網：www.chiuko.com.tw
登 記 證：行政院新聞局局版臺業字第1738號
印 刷 所：崇寶彩藝印刷有限公司
法律顧問：龍躍天律師・蕭雄淋律師・董安丹律師
初　　版：1987（民國76）年05月10日
增訂初版：2006（民國95）年08月10日

定　價：250元

ISBN 957-444-326-4　　Printed in Taiwan

國家圖書館出版品預行編目資料

更上一層樓／林以亮著. -- 增訂初版.--臺
北市：九歌，〔民95〕
面；　公分. --(典藏散文；3)
ISBN 957-444-326-4 (平裝)

855　　95010872